COLLECTION FOLIO

Eugène Ionesco

Les chaises

FARCE TRAGIQUE

suivi de

L'impromptu de l'Alma
ou le caméléon du berger

Gallimard

Deux petits vieux attendent chez eux un orateur et une nombreuse assistance. L'orateur va expliquer la philosophie du petit vieux qui est concierge, ancien Maréchal des logis. Il a une philosophie mais il ne sait pas la transmettre, aussi a-t-il chargé un conférencier de livrer son message à un public aussi nombreux que varié. Les gens arrivent en barque, on entend le clapotis.

Il y a même l'Empereur.

Les petits vieux reçoivent, disent les mots d'usage et font asseoir les gens. Peu à peu c'est un déferlement de visiteurs et de chaises. Le petit vieux et sa femme ne sont occupés qu'à apporter des chaises et ils ne disent même plus un mot.

Le vieux annonce que la vie n'a plus rien à lui apporter ni à lui, ni à Sémiramis sa femme et qu'ils peuvent mourir en paix puisque leur message sera transmis par l'orateur.

L'un et l'autre se jettent par la fenêtre dans la mer.

L'orateur veut parler mais il émet des sons inintelligibles, il est sourd et muet. D'ailleurs toutes les chaises sont vides, les visiteurs étaient invisibles. Le silence s'alourdit, la lumière faiblit. Bientôt le théâtre aussi se vide.

Sur la scène et dans la salle c'est le même spectacle : chaises et fauteuils sont vides, symboles de l'absence et de la précarité de tout ce qui arrive et passe dans la vie.

Eugène Ionesco est né à Slatina en Roumanie. Sa mère étant d'origine française, il passe toute son enfance de 1913 à 1924 en France. Puis il fait ses études à Bucarest de 1924 à 1936. Professeur de français à Bucarest, il prépare ensuite un doctorat ès lettres à la Sorbonne puis renonce à sa thèse. Il s'établit définitivement à Paris en 1938.

Sa première pièce *La Cantatrice chauve* est jouée aux Noctambules en 1950 et, battant un record de durée, est toujours donnée avec succès. Ionesco a reçu, pour l'ensemble de son œuvre, le Prix Prince Pierre de Monaco en 1969 et le Prix de Littérature européenne décerné à Vienne en 1971. Il a été élu à l'Académie française en 1970.

Il est décédé à Paris, le 28 mars 1994.

Les chaises

FARCE TRAGIQUE

Les chaises, *farce tragique, a été jouée pour la première fois le 22 avril 1952, au Théâtre Lancry. La mise en scène était de Sylvain Dhomme, les décors de Jacques Noël. La pièce a été reprise au* Studio des Champs-Élysées, *en février 1956, puis en mars 1961, dans une mise en scène de Jacques Mauclair, avec Jacques Mauclair dans le rôle du* Vieux, *Tsilla Chelton dans celui de* la Vieille.

PERSONNAGES

LE VIEUX, *95 ans*   Paul Chevalier.

LA VIEILLE, *94 ans*   Tsilla Chelton.

L'ORATEUR, *45 à 50 ans*   Sylvain Dhomme.

Et beaucoup d'autres personnages.

DÉCOR

Murs circulaires avec un renfoncement dans le fond. C'est une salle très dépouillée. A droite, en partant de l'avant-scène, trois portes. Puis une fenêtre avec un escabeau devant ; puis encore une porte. Dans le renfoncement, au fond, une grande porte d'honneur à deux battants et deux autres portes se faisant vis-à-vis, et encadrant la porte d'honneur : ces deux portes, ou du moins l'une d'entre elles, sont presque cachées aux yeux du public. A gauche de la scène, toujours en partant de l'avant-scène, trois portes, une fenêtre avec escabeau et faisant vis-à-vis à la fenêtre de droite, puis un tableau noir et une estrade. Pour plus de facilité, voir le plan annexé.

Sur le devant de la scène, deux chaises côte à côte.

Une lampe à gaz est accrochée au plafond.

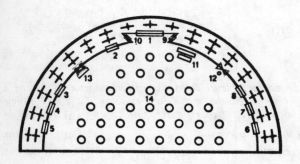

1. — Grande porte du fond, à deux battants.
2, 3, 4, 5. — Portes latérales droites.
6, 7, 8. — Portes latérales gauches.
9, 10. — Portes cachées dans le renfoncement.
11. — Estrade et tableau noir.
12, 13. — Fenêtres (avec escabeau) **gauche**, droite.
14. — Chaises vides.
+ + +. — Couloir (en coulisses).

Le rideau se lève. Demi-obscurité. Le Vieux est penché à la fenêtre de gauche, monté sur l'escabeau. La Vieille allume la lampe à gaz. Lumière verte. Elle va tirer le Vieux par la manche.

LA VIEILLE

Allons, mon chou, ferme la fenêtre, ça sent mauvais l'eau qui croupit et puis il entre des moustiques.

LE VIEUX

Laisse-moi tranquille!

LA VIEILLE

Allons, allons, mon chou, viens t'asseoir. Ne te penche pas, tu pourrais tomber dans l'eau. Tu sais ce qui est arrivé à François Iᵉʳ. Faut faire attention.

LE VIEUX

Encore des exemples historiques! Ma crotte, je suis fatigué de l'histoire française. Je veux voir; les barques sur l'eau font des taches au soleil.

LA VIEILLE

Tu ne peux pas les voir, il n'y a pas de soleil, c'est la nuit, mon chou.

LE VIEUX

Il en reste l'ombre.

Il se penche très fort.

LA VIEILLE, *elle le tire de toutes ses forces.*

Ah!... tu me fais peur, mon chou... viens t'asseoir, tu ne les verras pas venir. C'est pas la peine. Il fait nuit...

Le Vieux se laisse traîner à regret.

LE VIEUX

Je voulais voir, j'aime tellement voir l'eau.

LA VIEILLE

Comment peux-tu, mon chou?... Ça me donne le vertige. Ah! cette maison, cette île, je ne peux m'y habituer. Tout entourée d'eau... de l'eau sous les fenêtres, jusqu'à l'horizon...

La Vieille et le Vieux, la Vieille traînant le Vieux, se dirigent vers les deux chaises au-devant de la scène; le Vieux s'assoit tout naturellement sur les genoux de la Vieille.

LE VIEUX

Il est 6 heures de l'après-midi... il fait déjà nuit. Tu te rappelles, jadis, ce n'était pas ainsi; il faisait encore jour à 9 heures du soir, à 10 heures, à minuit.

LA VIEILLE

C'est pourtant vrai, quelle mémoire!

LE VIEUX

Ça a bien changé.

LA VIEILLE

Pourquoi donc, selon toi?

LE VIEUX

Je ne sais pas, Sémiramis, ma crotte... Peut-être, parce que plus on va, plus on s'enfonce. C'est à cause de la terre qui tourne, tourne, tourne, tourne...

LA VIEILLE

Tourne, tourne, mon petit chou... *(Silence.)* Ah! oui, tu es certainement un grand savant. Tu es très doué, mon chou. Tu aurais pu être Président chef, Roi chef, ou même Docteur chef, Maréchal chef, si tu avais voulu, si tu avais eu un peu d'ambition dans la vie...

LE VIEUX

A quoi cela nous aurait-il servi? On n'en aurait pas mieux vécu... et puis, nous avons une situation, je suis Maréchal tout de même, des logis, puisque je suis concierge.

LA VIEILLE, *elle caresse le Vieux
comme on caresse un enfant.*

Mon petit chou, mon mignon...

LE VIEUX

Je m'ennuie beaucoup.

LA VIEILLE

Tu étais plus gai, quand tu regardais l'eau... Pour nous distraire, fais semblant comme l'autre soir.

LE VIEUX

Fais semblant toi-même, c'est ton tour.

LA VIEILLE

C'est ton tour.

LE VIEUX

Ton tour.

LA VIEILLE

Ton tour

LE VIEUX

Ton tour.

LA VIEILLE

Ton tour.

LE VIEUX

Bois ton thé, Sémiramis.

Il n'y a pas de thé, évidemment.

LA VIEILLE

Alors, imite le mois de février.

LE VIEUX

Je n'aime pas les mois de l'année.

LA VIEILLE

Pour l'instant, il n'y en a pas d'autres. Allons, pour me faire plaisir...

LE VIEUX

Tiens, voilà le mois de février.

Il se gratte la tête, comme Stan Laurel.

LA VIEILLE, *riant, applaudissant.*

C'est ça. Merci, merci, tu es mignon comme tout, mon chou. *(Elle l'embrasse.)* Oh! tu es très doué, tu aurais pu être au moins Maréchal chef, si tu avais voulu...

LE VIEUX

Je suis concierge, Maréchal des Logis.

Silence.

LA VIEILLE

Dis-moi l'histoire, tu sais, l'histoire : alors on a ri...

LE VIEUX

Encore?... J'en ai assez... alors, on a ri? encore celle-là... tu me demandes toujours la même chose!... « Alors on a ri... » Mais c'est monotone.. Depuis soixante-quinze ans que nous sommes mariés, tous les soirs, absolument tous les soirs, tu me fais raconter la même histoire, tu me fais imiter les mêmes personnes, les mêmes mois... toujours pareil... parlons d'autre chose...

LA VIEILLE

Mon chou, moi je ne m'en lasse pas... C'est ta vie, elle me passionne.

LE VIEUX

Tu la connais par cœur.

LA VIEILLE

C'est comme si j'oubliais tout, tout de suite... J'ai l'esprit neuf tous les soirs... Mais oui, mon chou, je le fais exprès, je prends des purges... je redeviens neuve, pour toi, mon chou, tous les soirs... Allons, commence, je t'en prie.

LE VIEUX

Si tu veux.

LA VIEILLE

Vas-y alors, raconte ton histoire... Elle est aussi la mienne, ce qui est tien est mien! Alors, on arri...

LE VIEUX

Alors, on arri... ma crotte...

LA VIEILLE

Alors, on arri... mon chou...

LE VIEUX

Alors, on arriva près d'une grande grille. On était tout mouillés, glacés jusqu'aux os, depuis des heures, des jours, des nuits, des semaines...

LA VIEILLE

Des mois...

LE VIEUX

... Dans la pluie... On claquait des oreilles, des pieds, des genoux, des nez, des dents... il y a de ça quatre-vingts ans... Ils ne nous ont pas permis d'entrer... ils auraient pu au moins ouvrir la porte du jardin...

Silence.

LA VIEILLE

Dans le jardin l'herbe était mouillée.

LE VIEUX

Il y avait un sentier qui conduisait à une petite place; au milieu, une église de village... Où était ce village? Tu te rappelles?

LA VIEILLE

Non, mon chou, je ne sais plus.

LE VIEUX

Comment y arrivait-on? Où est la route? Ce lieu s'appelait, je crois, Paris...

LA VIEILLE

Ça n'a jamais existé, Paris, mon petit.

LE VIEUX

Cette ville a existé, puisqu'elle s'est effondrée...

C'était la ville de lumière, puisqu'elle s'est éteinte, éteinte, depuis quatre cent mille ans... Il n'en reste plus rien aujourd'hui, sauf une chanson.

LA VIEILLE

Une vraie chanson? C'est drôle. Quelle chanson?

LE VIEUX

Une berceuse, une allégorie : « Paris sera toujours Paris. »

LA VIEILLE

On y allait par le jardin? Était-ce loin?

LE VIEUX *rêve, perdu.*

La chanson?... la pluie?...

LA VIEILLE

Tu es très doué. Si tu avais eu un peu d'ambition dans la vie, tu aurais pu être un Roi chef, un Journaliste chef, un Comédien chef, un Maréchal chef... Dans le trou, tout ceci hélas... dans le grand trou tout noir... Dans le trou noir, je te dis.

Silence.

LE VIEUX

Alors on arri...

LA VIEILLE

Ah! oui, enchaîne... raconte...

LE VIEUX, *tandis que la Vieille se mettra à rire,
doucement, gâteuse; puis, progressivement, aux éclats;
le Vieux rira aussi.*

Alors, on a ri, on avait mal au ventre, l'histoire était si drôle... le drôle arriva ventre à terre, ventre nu, le drôle avait du ventre... il arriva avec une malle toute

pleine de riz; par terre le riz se répandit... le drôle
à terre aussi, ventre à terre... alors, on a ri, on a ri,
on a ri, le ventre drôle, nu de riz à terre, la malle,
l'histoire au mal de riz ventre à terre, ventre nu, tout
de riz, alors on a ri, le drôle alors arriva tout nu, on
a ri...

LA VIEILLE, *riant*.

Alors on a ri du drôle, alors arrivé tout nu, on a
ri, la malle, la malle de riz, le riz au ventre, à terre...

LES DEUX VIEUX, *ensemble, riant*.

Alors, on a ri. Ah!... ri... arri... arri... Ah!... Ah!...
ri... va... arri... arri... le drôle ventre nu... au riz arriva...
au riz arriva. *(On entend.)* Alors on a... ventre nu...
arri... la malle... *(Puis les deux Vieux petit à petit se
calment.)* On a... ah!... arri... ah!... arri... ah!... arri .
va... ri.

LA VIEILLE

C'était donc ça, ton fameux Paris.

LE VIEUX

Qui pourrait dire mieux.

LA VIEILLE

Oh! tu es tellement, mon chou, bien, oh! tellement,
tu sais, tellement, tellement, tu aurais pu être quelque
chose dans la vie, de bien plus qu'un Maréchal des
logis.

LE VIEUX

Soyons modestes... contentons-nous de peu.

LA VIEILLE

Peut-être as-tu brisé ta vocation?

LE VIEUX, *il pleure soudain*.

e l ai brisée? Je l'ai cassée? Ah! où es-tu, maman..

maman, où es-tu, maman?... hi, hi, hi, je suis orphelin. *(Il gémit.)*... Un orphelin, un orpheli..

LA VIEILLE

Je suis avec toi, que crains-tu?

LE VIEUX

Non, Sémiramis, ma crotte. Tu n'es pas ma maman... orphelin, orpheli, qui va me défendre?

LA VIEILLE

Mais je suis là, mon chou!...

LE VIEUX

C'est pas la même chose... je veux ma maman, na, tu n'es pas ma maman, toi...

LA VIEILLE, *le caressant.*

Tu me fends le cœur, pleure pas, mon petit.

LE VIEUX

Hi, hi, laisse-moi; hi, hi, je me sens tout brisé, j'ai mal, ma vocation me fait mal, elle s'est cassée.

LA VIEILLE

Calme-toi.

LE VIEUX, *sanglotant,*
la bouche largement ouverte comme un bébé.

Je suis un orphelin... orpheli.

LA VIEILLE, *elle tâche de le consoler, le cajole.*

Mon orphelin, mon chou, tu me crèves le cœur, mon orphelin.

> *Elle berce le Vieux revenu depuis un moment sur ses genoux.*

LE VIEUX, *sanglots*.

Hi, hi, hi! Ma maman! Où est ma maman? J'ai plus de maman.

LA VIEILLE

Je suis ta femme, c'est moi ta maman maintenant.

LE VIEUX, *cédant un peu*.

C'est pas vrai, je suis orphelin, hi, hi.

LA VIEILLE, *le berçant toujours*.

Mon mignon, mon orphelin, orpheli, orphelon, orphelaine, orphelin.

LE VIEUX, *encore boudeur,*
se laissant faire de plus en plus.

Non... je veux pas; je veux pa-a-a-as.

LA VIEILLE, *elle chantonne*.

Orphelin-li, orphelon-laire; orphelon-lon, orphe-lon-la.

LE VIEUX

No-o-on... No-o-on.

LA VIEILLE, *même jeu*.

Li lon lala, li lon la laire, orphelon-li, orphelon-li-relire-laire, orphelon-li-reli-rela...

LE VIEUX

Hi, hi, hi, hi. *(Il renifle, se calme peu à peu.)* Où elle est, ma maman?

LA VIEILLE

Au ciel fleuri... elle t'entend, elle te regarde, entre les fleurs; ne pleure pas, tu la ferais pleurer!

LE VIEUX

C'est même pas vrai... ai... elle ne me voit pas...

elle ne m'entend pas. Je suis orphelin dans la vie, tu n'es pas ma maman...

LA VIEILLE, *le Vieux est presque calmé.*

Voyons, calme-toi, ne te mets pas dans cet état... tu as d'énormes qualités, mon petit Maréchal... essuie tes larmes, ils doivent venir ce soir, les invités, il ne faut pas qu'ils te voient ainsi... tout n'est pas brisé, tout n'est pas perdu, tu leur diras tout, tu expliqueras, tu as un message... tu dis toujours que tu le diras... il faut vivre, il faut lutter pour ton message...

LE VIEUX

J'ai un message, tu dis vrai, je lutte, une mission, j'ai quelque chose dans le ventre, un message à communiquer à l'humanité, à l'humanité...

LA VIEILLE

A l'humanité, mon chou, ton message!...

LE VIEUX

C'est vrai, ça, c'est vrai...

LA VIEILLE, *elle mouche le Vieux, essuie ses larmes.*

C'est ça... tu es un homme, un soldat, un Maréchal des logis .

LE VIEUX, *il a quitté les genoux
de la Vieille et se promène, à petits pas, agité.*

Je ne suis pas comme les autres, j'ai un idéal dans la vie. Je suis peut-être doué, comme tu dis, j'ai du talent, mais je n'ai pas de facilité. J'ai bien accompli mon office de Maréchal des logis, j'ai toujours été à la hauteur de la situation, honorablement, cela pourrait suffire...

LA VIEILLE

Pas pour toi, tu n'es pas comme les autres, tu es

bien plus grand, et pourtant tu aurais beaucoup mieux fait de t'entendre comme tout le monde, avec tout le monde. Tu t'es disputé avec tous tes amis, avec tous les directeurs, tous les Maréchaux, avec ton frère.

LE VIEUX

C'est pas ma faute, Sémiramis, tu sais bien ce qu'il a dit.

LA VIEILLE

Qu'est-ce qu'il a dit?

LE VIEUX

Il a dit : « Mes amis, j'ai une puce. Je vous rends visite dans l'espoir de laisser la puce chez vous. »

LA VIEILLE

Ça se dit, mon chéri. Tu n'aurais pas dû faire attention. Mais avec Carel, pourquoi t'es-tu fâché? c'était sa faute aussi?

LE VIEUX

Tu vas me mettre en colère, tu vas me mettre en colère. Na. Bien sûr, c'était sa faute. Il est venu un soir, il a dit : « Je vous souhaite bonne chance. Je devrais vous dire le mot qui porte chance; je ne le dis pas, je le pense. » Et il riait comme un veau.

LA VIEILLE

Il avait bon cœur, mon chou. Dans la vie, il faut être moins délicat.

LE VIEUX

Je n'aime pas ces plaisanteries.

LA VIEILLE

Tu aurais pu être Marin chef, Ébéniste chef, Roi chef d'orchestre.

Long silence. Ils restent un temps figés, tout raides sur leurs chaises.

LE VIEUX, *comme en rêve.*

C'était au bout du bout du jardin... là était... là était... là était... était quoi, ma chérie?

LA VIEILLE

La ville de Paris!

LE VIEUX

Au bout, au bout du bout de la ville de Paris, était, était, était quoi?

LA VIEILLE

Mon chou, était quoi, mon chou, était qui?

LE VIEUX

C'était un lieu, un temps exquis...

LA VIEILLE

C'était un temps si beau, tu crois?

LE VIEUX

Je ne me rappelle pas l'endroit...

LA VIEILLE

Ne te fatigue donc pas l'esprit...

LE VIEUX

C'est trop loin, je ne peux plus... le rattraper... où était-ce?...

LA VIEILLE

Mais quoi?

LE VIEUX

Ce que je... ce que ji... où était-ce? et qui?

LA VIEILLE

Que ce soit n'importe où, je te suivrai partout, je te suivrai, mon chou.

LE VIEUX

Ah! j'ai tant de mal à m'exprimer... Il faut que je dise tout.

LA VIEILLE

C'est un devoir sacré. Tu n'as pas le droit de taire ton message; il faut que tu le révèles aux hommes, ils l'attendent... l'univers n'attend plus que toi.

LE VIEUX

Oui, oui, je dirai.

LA VIEILLE

Es-tu bien décidé? Il faut.

LE VIEUX

Bois ton thé.

LA VIEILLE

Tu aurais pu être un Orateur chef si tu avais eu plus de volonté dans la vie... je suis fière, je suis heureuse que tu te sois enfin décidé à parler à tous les pays, à l'Europe, à tous les continents!

LE VIEUX

Hélas, j'ai tant de mal à m'exprimer, pas de facilité.

LA VIEILLE

La facilité vient en commençant, comme la vie et la mort... il suffit d'être bien décidé. C'est en parlant qu'on trouve les idées, les mots, et puis nous, dans nos propres mots, la ville aussi, le jardin, on retrouve peut-être tout, on n'est plus orphelin.

LE VIEUX

Ce n'est pas moi qui parlerai, j'ai engagé un orateur de métier, il parlera en mon nom, tu verras.

LA VIEILLE

Alors, c'est vraiment pour ce soir? Au moins les as-tu tous convoqués, tous les personnages, tous les propriétaires et tous les savants?

LE VIEUX

Oui, tous les propriétaires et tous les savants.

Silence.

LA VIEILLE

Les gardiens? les évêques? les chimistes? les chaudronniers? les violonistes? les délégués? les présidents? les policiers? les marchands? les bâtiments? les porte-plume? les chromosomes?

LE VIEUX

Oui, oui, et les postiers, les aubergistes et les artistes, tous ceux qui sont un peu savants, un peu propriétaires!

LA VIEILLE

Et les banquiers?

LE VIEUX

Je les ai convoqués.

LA VIEILLE

Les prolétaires? les fonctionnaires? les militaires? les révolutionnaires? les réactionnaires? les aliénistes et leurs aliénés?

LE VIEUX

Mais oui, tous, tous, tous, puisqu'en somme tous sont des savants ou des propriétaires.

LA VIEILLE

Ne t'énerve pas, mon chou, je ne veux pas t'ennuyer, tu es tellement négligent, comme tous les grands génies; cette réunion est importante, il faut qu'ils viennent tous ce soir. Peux-tu compter sur eux? ont-ils promis?

LE VIEUX

Bois ton thé, Sémiramis.

Silence.

LA VIEILLE

Le Pape, les papillons et les papiers?

LE VIEUX

Je les ai convoqués. *(Silence.)* Je vais leur communiquer le message... Toute ma vie, je sentais que j'étouffais; à présent, ils sauront tout, grâce à toi, à l'orateur, vous seuls m'avez compris.

LA VIEILLE

Je suis si fière de toi...

LE VIEUX

La réunion aura lieu dans quelques instants.

LA VIEILLE

C'est donc vrai, ils vont venir, ce soir? Tu n'auras plus envie de pleurer, les savants et les propriétaires remplacent les papas et les mamans. *(Silence.)* On ne pourrait pas ajourner la réunion? Ça ne va pas trop nous fatiguer?

> *Agitation plus accentuée. Depuis quelques instants déjà, le Vieux tourne à petits pas indécis, de vieillard ou d'enfant, autour de la Vieille. Il a pu faire un pas ou deux vers une des portes, puis revenir tourner en rond.*

LE VIEUX

Tu crois vraiment que ça pourrait nous fatiguer?

LA VIEILLE

Tu es un peu enrhumé.

LE VIEUX

Comment faire pour décommander?

LA VIEILLE

Invitons-les un autre soir. Tu pourrais téléphoner.

LE VIEUX

Mon Dieu, je ne peux plus, il est trop tard. Ils doivent déjà être embarqués!

LA VIEILLE

Tu aurais dû être plus prudent.

On entend le glissement d'une barque sur l'eau.

LE VIEUX

Je crois que l'on vient déjà... *(Le bruit du glissement de la barque se fait entendre plus fort.)*... Oui, on vient!...

La Vieille se lève aussi et marche en boitillant.

LA VIEILLE

C'est peut-être l'Orateur.

LE VIEUX

Il ne vient pas si vite. Ça doit être quelqu'un d'autre. *(On entend sonner.)* Ah!

LA VIEILLE

Ah!

Nerveusement, le Vieux et la Vieille se dirigent vers la porte cachée du fond à droite. Tout en se dirigeant vers la porte, ils disent :

LE VIEUX

Allons...

LA VIEILLE

Je suis toute dépeignée... attends un peu...

> *Elle arrange ses cheveux, sa robe, tout en marchant boitilleusement, tire sur ses gros bas rouges.*

LE VIEUX

Il fallait te préparer avant... tu avais bien le temps.

LA VIEILLE

Que je suis mal habillée... j'ai une vieille robe, toute fripée...

LE VIEUX

Tu n'avais qu'à la repasser... dépêche-toi! Tu fais attendre les gens.

> *Le Vieux suivi par la Vieille qui ronchonne arrive à la porte, dans le renfoncement; on ne les voit plus, un court instant; on les entend ouvrir la porte, puis la refermer après avoir fait entrer quelqu'un.*

VOIX DU VIEUX

Bonjour, Madame, donnez-vous la peine d'entrer. Nous sommes enchantés de vous recevoir. Voici ma femme.

VOIX DE LA VIEILLE

Bonjour, Madame, très heureuse de vous connaître. Attention, n'abîmez pas votre chapeau. Vous pouvez retirer l'épingle, ce sera plus commode. Oh! non, on ne s'assoira pas dessus.

VOIX DU VIEUX

Mettez votre fourrure là. Je vais vous aider. Non, elle ne s'abîmera pas.

VOIX DE LA VIEILLE

Oh! quel joli tailleur... un corsage tricolore... Vous
prendrez bien quelques biscuits... Vous n'êtes pas
grosse... non... potelée... Déposez le parapluie.

VOIX DU VIEUX

Suivez-moi, s'il vous plaît.

LE VIEUX, *de dos.*

Je n'ai qu'un modeste emploi...

> *Le Vieux et la Vieille se retournent en même temps
> et en s'écartant un peu pour laisser la place, entre eux,
> à l'invitée. Celle-ci est invisible.*
> *Le Vieux et la Vieille avancent, maintenant, de
> face, vers le devant de la scène; ils parlent à la Dame
> invisible qui avance entre eux deux.*

LE VIEUX, *à la Dame invisible.*

Vous avez eu beau temps?

LA VIEILLE, *à la même.*

Vous n'êtes pas trop fatiguée?... Si, un peu.

LE VIEUX, *à la même.*

Au bord de l'eau...

LA VIEILLE, *à la même.*

Trop aimable de votre part.

LE VIEUX, *à la même.*

Je vais vous apporter une chaise.

> *Le Vieux se dirige à gauche; il sort par la porte n° 6.*

LA VIEILLE, *à la même.*

En attendant, prenez cette chaise. (*Elle indique une des
deux chaises et s'assoit sur l'autre, à droite de la Dame*

invisible.) Il fait chaud, n'est-ce pas? *(Elle sourit à la Dame.)* Quel joli éventail! Mon mari... *(le Vieux réapparaît par la porte nº 7, avec une chaise)...* m'en avait offert un semblable, il y a soixante-treize ans... Je l'ai encore... *(le Vieux met la chaise à gauche de la Dame invisible)...* c'était pour mon anniversaire!...

> *Le Vieux s'assoit sur la chaise qu'il vient d'apporter, la Dame invisible se trouve donc au milieu, le Vieux, la figure tournée vers la Dame, lui sourit, hoche la tête, frotte doucement ses mains l'une contre l'autre, a l'air de suivre ce qu'elle dit. Le jeu de la Vieille est semblable.*

LE VIEUX

Madame, la vie n'a jamais été bon marché.

LA VIEILLE, *à la Dame.*

Vous avez raison... *(La Dame parle.)* Comme vous dites. Il serait temps que cela change... *(Changement de ton.)* Mon mari, peut-être, va s'en occuper... il vous le dira.

LE VIEUX, *à la Vieille.*

Tais-toi, tais-toi, Sémiramis, ce n'est pas encore le moment d'en parler. *(A la Dame.)* Excusez-moi, Madame, d'avoir éveillé votre curiosité. *(La Dame réagit.)* Chère Madame, n'insistez pas...

> *Les deux Vieux sourient. Ils rient même. Ils ont l'air très contents de l'histoire racontée par la Dame invisible. Une pause, un blanc dans la conversation. Les figures ont perdu toute expression.*

LE VIEUX, *à la même.*

Oui, vous avez tout à fait raison...

LA VIEILLE

Oui, oui, oui... oh! que non.

LE VIEUX

Oui, oui, oui. Pas du tout.

LA VIEILLE

Oui?

LE VIEUX

Non!?

LA VIEILLE

Vous l'avez dit.·

LE VIEUX, *il rit*.

Pas possible.

LA VIEILLE, *elle rit*.

Oh! alors. *(Au Vieux.)* Elle est charmante.

LE VIEUX, *à la Vieille*.

Madame a fait ta conquête. *(A la Dame.)* Mes félici-
tations!...

LA VIEILLE, *à la Dame*.

Vous n'êtes pas comme les jeunes d'aujourd'hui...

LE VIEUX, *il se baisse péniblement pour ramasser un objet
invisible que la Dame invisible a laissé tomber*.

Laissez... ne vous dérangez pas... je vais le ramasser...
oh! vous avez été plus vite que moi...

Il se relève.

LA VIEILLE, *au Vieux*.

Elle n'a pas ton âge!

LE VIEUX, *à la Dame*.

La vieillesse est un fardeau bien lourd. Je souhaite
que vous restiez jeune éternellement.

LA VIEILLE, *à la même.*

Il est sincère, c'est son bon cœur qui parle. *(Au Vieux.)* Mon chou!

> *Quelques instants de silence. Les vieux, de profil à la salle, regardent la Dame, souriant poliment; ils tournent ensuite la tête vers le public, puis regardent de nouveau la Dame, répondent par des sourires à son sourire; puis, par les répliques qui suivent à ses questions.*

LA VIEILLE

Vous êtes bien aimable de vous intéresser à nous.

LE VIEUX

Nous vivons retirés.

LA VIEILLE

Sans être misanthrope, mon mari aime la solitude.

LE VIEUX

Nous avons la radio, je pêche à la ligne, et puis il y a un service de bateaux assez bien fait.

LA VIEILLE

Le dimanche, il en passe deux le matin, un le soir, sans compter les embarcations privées.

LE VIEUX, *à la Dame.*

Quand il fait beau, il y a la lune.

LA VIEILLE, *à la même.*

Il assume toujours ses fonctions de Maréchal des logis... ça l'occupe... C'est vrai, à son âge, il pourrait prendre du repos.

LE VIEUX, *à la Dame.*

J'aurai bien le temps de me reposer dans la tombe.

LA VIEILLE, *au Vieux.*

Ne dis pas ça, mon petit chou... *(A la Dame.)* La famille, ce qu'il en reste, les camarades de mon mari, venaient encore nous voir, de temps à autre, il y a dix ans...

LE VIEUX, *à la Dame.*

L'hiver, un bon livre, près du radiateur, des souvenirs de toute une vie...

LA VIEILLE, *à la Dame.*

Une vie modeste mais bien remplie... deux heures par jour, il travaille à son message.

> *On entend sonner. Depuis très peu d'instants, on entendait le glissement d'une embarcation.*

LA VIEILLE, *au Vieux.*

Quelqu'un. Va vite.

LE VIEUX, *à la Dame.*

Vous m'excusez, Madame! Un instant! *(A la Vieille.)* Va vite chercher des chaises!

LA VIEILLE, *à la Dame.*

Je vous demande un petit moment, ma chère.

> *On entend de violents coups de sonnette.*

LE VIEUX, *se dépêchant, tout cassé, vers la porte à droite, tandis que la Vieille va vers la porte cachée, à gauche, se dépêchant mal, boitillant.*

C'est une personne bien autoritaire. *(Il se dépêche, il ouvre la porte n° 2; entrée du Colonel invisible; peut-être sera-t-il utile que l'on entende, discrètement, quelques sons de trompette, quelques notes du « Salut au Colonel »; dès qu'il a ouvert la porte, apercevant le Colonel invisible, le Vieux se fige en un « garde-à-vous » respectueux.)* Ah!... mon Colonel! *(Il lève vaguement le bras en direction de son*

front, pour un salut qui ne se précise pas.) Bonjour, mor
Colonel... C'est un honneur étonnant pour moi... je..
je... je ne m'attendais pas... bien que... pourtant..
bref, je suis très fier de recevoir, dans ma demeure dis-
crète, un héros de votre taille... *(Il serre la main invisible que lui tend le Colonel invisible et s'incline cérémonieusement, puis se redresse.)* Sans fausse modestie, toutefois,
je me permets de vous avouer que je ne me sens pas
indigne de votre visite! Fier, oui... indigne, non!...

> *La Vieille apparaît avec sa chaise, par la droite.*

LA VIEILLE

Oh! Quel bel uniforme! Quelles belles décorations¹
Qui est-ce, mon chou?

LE VIEUX, *à la Vieille*

Tu ne vois donc pas que c'est le Colonel?

LA VIEILLE, *au Vieux.*

Ah¹

LE VIEUX, *à la Vieille.*

Compte les galons! *(Au Colonel.)* C'est mon épouse,
Sémiramis. *(A la Vieille.)* Approche, que je te présente
à mon Colonel. *(La Vieille s'approche, traînant d'une
main la chaise, fait une révérence sans lâcher la chaise. Au
Colonel.)* Ma femme. *(A la Vieille.)* Le Colonel.

LA VIEILLE

Enchantée, mon Colonel. Soyez le bienvenu. Vous
êtes un camarade de mon mari, il est Maréchal..

LE VIEUX, *mécontent*

Des logis des logis...

LA VIEILLE *(le Colonel invisible baise la main de la Vieille; cela se voit d'après le geste de la main de la Vieille se soulevant comme vers des lèvres; d'émotion, la Vieille lâche la chaise).*

Oh! il est bien poli... ça se voit que c'est un supérieur, un être supérieur!... *(Elle reprend la chaise; au Colonel.)* La chaise est pour vous..

LE VIEUX, *au Colonel invisible.*

Daignez nous suivre... *(Ils se dirigent tous vers le devant de la scène, la Vieille traînant la chaise; au Colonel.)* Oui, nous avons quelqu'un. Nous attendons beaucoup d'autres personnes!...

La Vieille place la chaise à droite.

LA VIEILLE, *au Colonel.*

Asseyez-vous, je vous prie.

Le Vieux présente l'un à l'autre les deux personnages invisibles.

LE VIEUX

Une jeune dame de nos amies...

LA VIEILLE

Une très bonne amie...

LE VIEUX, *même jeu.*

Le Colonel... un éminent militaire.

LA VIEILLE, *montrant la chaise qu'elle vient d'apporter au Colonel.*

Prenez donc cette chaise...

LE VIEUX, *à la Vieille.*

Mais non, tu vois bien que le Colonel veut s'asseoir à côté de la Dame!...

Le Colonel s'assoit invisiblement sur la troisième chaise à partir de la gauche de la scène; la Dame invisible est supposée se trouver sur la deuxième; une conversation inaudible s'engage entre les deux personnages invisibles assis l'un près de l'autre; les deux vieux restent debout, derrière leurs chaises, d'un côté et de l'autre des deux invités invisibles; le Vieux à gauche à côté de la Dame, la Vieille, à la droite du Colonel.

LA VIEILLE, *écoutant la conversation des deux invités.*

Oh! Oh! C'est trop fort.

LE VIEUX, *même jeu.*

Peut-être. *(Le Vieux et la Vieille, par-dessus les têtes des deux invités, se feront des signes, tout en suivant la conversation qui prend une tournure qui a l'air de mécontenter les vieux. Brusquement.)* Oui, mon Colonel, ils ne sont pas encore là, ils vont venir. C'est l'Orateur qui parlera pour moi, il expliquera le sens de mon message... Attention, Colonel, le mari de cette dame peut arriver d'un instant à l'autre.

LA VIEILLE, *au Vieux.*

Qui est ce monsieur?

LE VIEUX, *à la Vieille.*

Je te l'ai dit, c'est le Colonel.

Il se passe, invisiblement, des choses inconvenantes.

LA VIEILLE, *au Vieux.*

Je le savais.

LE VIEUX

Alors pourquoi le demandes-tu?

LA VIEILLE

Pour savoir. Colonel, pas par terre les mégots!

LE VIEUX, *au Colonel.*

Mon Colonel, mon Colonel, j'ai oublié. La dernière guerre, l'avez-vous perdue ou gagnée?

LA VIEILLE, *à la Dame invisible.*

Mais ma petite, ne vous laissez pas faire!

LE VIEUX

Regardez-moi, regardez-moi, ai-je l'air d'un mauvais soldat? Une fois, mon Colonel, à une bataille...

LA VIEILLE

Il exagère! C'est inconvenant! *(Elle tire le Colonel par sa manche invisible.)* Écoutez-le! Mon chou, ne le laisse pas faire!

LE VIEUX, *continuant vite.*

A moi tout seul, j'ai tué 209, on les appelait ainsi car ils sautaient très haut pour échapper, pourtant moins nombreux que les mouches, c'est moins amusant, évidemment. Colonel, mais grâce à ma force de caractère, je les ai... Oh! non, je vous en prie, je vous en prie.

LA VIEILLE, *au Colonel.*

Mon mari ne ment jamais : nous sommes âgés, il est vrai, pourtant nous sommes respectables.

LE VIEUX, *avec violence au Colonel.*

Un héros doit aussi être poli, s'il veut être un héros complet!

LA VIEILLE, *au Colonel.*

Je vous connais depuis bien longtemps. Je n'aurais jamais cru cela de votre part. *(A la Dame, tandis que l'on entend des barques.)* Je n'aurais jamais cru cela de sa part. Nous avons notre dignité, un amour-propre personnel.

LE VIEUX, *d'une voix très chevrotante.*

Je suis encore en mesure de porter les armes. *(Coup de sonnette.)* Excusez-moi, je vais ouvrir. *(Il fait un faux mouvement, la chaise de la Dame invisible se renverse.)* Oh! pardon.

LA VIEILLE, *se précipitant.*

Vous ne vous êtes pas fait du mal? *(Le Vieux et la Vieille aident la Dame invisible à se relever.)* Vous vous êtes salie, il y a de la poussière.

Elle aide la Dame à s'épousseter. Nouveau coup de sonnette.

LE VIEUX

Je m'excuse, je m'excuse. *(A la Vieille.)* Va chercher une chaise.

LA VIEILLE, *aux deux invisibles.*

Excusez-nous un instant.

Tandis que le Vieux va ouvrir la porte n° 3, la Vieille sort pour aller chercher une chaise par la porte n° 5 et reviendra par la porte n° 8.

LE VIEUX, *se dirigeant vers la porte.*

Il voulait me faire enrager. Je suis presque en colère. *(Il ouvre la porte.)* Oh! Madame, c'est vous! Je n'en crois pas mes yeux, et pourtant si... je ne m'y attendais plus du tout... vraiment c'est... Oh! Madame, Madame... j'ai pourtant bien pensé à vous, toute ma vie, toute la vie, Madame, on vous appelait « la belle »... c'est votre mari... on me l'a dit, assurément... vous n'avez pas changé du tout... oh! si, si, comme votre nez s'est allongé, comme il a gonflé... je ne m'en étais pas aperçu à première vue, mais je m'en aperçois... terriblement allongé... ah! quel dommage! Ce n'est tout de même pas exprès... comment cela est-il arrivé?... petit à petit... excusez-moi, Monsieur et cher ami, permettez-moi de vous appeler cher ami, j'ai connu votre femme bien avant vous... c'était la même, avec un nez tout différent... je vous félicite, Monsieur, vous avez l'air de beaucoup vous aimer. *(La Vieille, par la porte nº 8, apparaît avec une chaise.)* Sémiramis, il y a deux personnes d'arrivées, il faut encore une chaise... *(La Vieille pose la chaise derrière les quatre autres, puis sort par la porte nº 8 pour rentrer par la porte nº 5, au bout de quelques instants, avec une autre chaise qu'elle posera à côté de celle qu'elle venait d'apporter. A ce moment, le Vieux sera arrivé avec ses deux invités près de la Vieille.)* Approchez, approchez, nous avons déjà du monde, je vais vous présenter... ainsi donc, Madame... oh! belle, belle, mademoiselle Belle, ainsi on vous appelait... vous êtes courbée en deux... oh! Monsieur, elle est bien belle encore quand même, sous ses lunettes, elle a encore ses jolis yeux; ses cheveux sont blancs, mais sous les blancs il y a les bruns, les bleus, j'en suis certain... approchez, approchez... qu'est-ce que c'est, Monsieur, un cadeau, pour ma femme? *(A la Vieille qui vient d'arriver avec la chaise.)* Sémiramis, c'est la belle, tu sais, la belle... *(Au Colonel et à la première Dame invisible.)* C'est mademoiselle, pardon, madame Belle, ne souriez pas... et son mari... *(A la Vieille.)* Une amie d'enfance, je t'en ai souvent parlé... et son mari. *(De nouveau au Colonel et à la première Dame invisibles.)* Et son mari...

LA VIEILLE, *fait la révérence.*

Il présente bien, ma foi. Il a belle allure. Bonjour, Madame, bonjour, Monsieur. *(Elle montre aux nouveaux venus les deux autres personnes invisibles.)* Des amis, oui...

LE VIEUX, *à la Vieille.*

Il vient t'offrir un cadeau.

La Vieille prend le cadeau.

LA VIEILLE

Est-ce une fleur, Monsieur? ou un berceau? un poirier? ou un corbeau?

LE VIEUX, *à la Vieille.*

Mais non, tu vois bien que c'est un tableau!

LA VIEILLE

Oh! comme c'est beau! Merci, Monsieur... *(A la première Dame invisible.)* Regardez, ma chère amie, si vous voulez.

LE VIEUX, *au Colonel invisible.*

Regardez, si vous voulez.

LA VIEILLE, *au mari de la Belle.*

Docteur, docteur, j'ai des nausées, j'ai des bouffées, j'ai mal au cœur, j'ai des douleurs, je ne sens plus mes pieds, j'ai froid aux yeux, j'ai froid aux doigts, je souffre du foie, docteur, docteur!...

LE VIEUX, *à la Vieille.*

Ce monsieur n'est pas docteur, il est photograveur.

LA VIEILLE, *à la première Dame.*

Si vous avez fini de le regarder, vous pouvez l'accrocher. *(Au Vieux.)* Ça ne fait rien, il est quand même charmant, il est éblouissant. *(Au Photograveur.)* Sans vouloir vous faire de compliments...

> *Le Vieux et la Vieille doivent maintenant se trouver derrière les chaises, tout près l'un de l'autre, se touchant presque, mais dos à dos; ils parlent; le Vieux à la Belle; la Vieille au Photograveur; de temps en temps, une réplique, en tournant la tête, est adressée à l'un ou à l'autre des deux premiers invités.*

LE VIEUX, *à la Belle.*

Je suis très ému... Vous êtes bien vous, tout de même... Je vous aimais, il y a cent ans... Il y a en vous un tel changement... Il n'y a en vous aucun changement... Je vous aimais, je vous aime...

LA VIEILLE, *au Photograveur.*

Oh! Monsieur, Monsieur, Monsieur...

LE VIEUX, *au Colonel.*

Je suis d'accord avec vous sur ce point.

LA VIEILLE, *au Photograveur.*

Oh! vraiment, Monsieur, vraiment... *(A la première Dame.)* Merci de l'avoir accroché... Excusez-moi si je vous ai dérangée.

> *La lumière est plus forte à présent. Elle devient de plus en plus forte à mesure qu'entrent les arrivants invisibles.*

LE VIEUX, *presque pleurnichant, à la Belle.*

Où sont les neiges d'antan?

LA VIEILLE, *au Photograveur.*

Oh! Monsieur, Monsieur, Monsieur... oh! Monsieur...

LE VIEUX, *indiquant du doigt la première Dame à la Belle.*

C'est une jeune amie... Elle est très douce...

LA VIEILLE, *indiquant du doigt le Colonel au Photograveur.*

Oui, il est Colonel d'État à cheval... un camarade de mon mari... un subalterne, mon mari est Maréchal...

LE VIEUX, *à la Belle.*

Vos oreilles n'ont pas toujours été pointues!... ma belle, vous souvenez-vous?

LA VIEILLE, *au Photograveur, minaudant, grotesque; elle doit l'être de plus en plus dans cette scène; elle montrera ses gros bas rouges, soulèvera ses nombreuses jupes, fera voir un*

jupon plein de trous, découvrira sa vieille poitrine; puis, les
mains sur les hanches, lancera sa tête en arrière, en poussant
des cris érotiques, avancera son bassin, les jambes écartées,
elle rira, rire de vieille putain; ce jeu, tout différent de celui
qu'elle a eu jusqu'à présent et de celui qu'elle aura par la
suite, et qui doit révéler une personnalité cachée de la Vieille,
cessera brusquement.

Ce n'est plus de mon âge... Vous croyez?

LE VIEUX, *à la Belle, très romantique.*

De notre temps, la lune était un astre vivant, ah!
oui, oui, si on avait osé, nous étions des enfants. Voulez-
vous que nous rattrapions le temps perdu... peut-on
encore? peut-on encore? ah! non, non, on ne peut
plus. Le temps est passé aussi vite que le train. Il a tracé
des rails sur la peau. Vous croyez que la chirurgie
esthétique peut faire des miracles? *(Au Colonel.)* Je
suis militaire, et vous aussi, les militaires sont toujours
jeunes, les maréchaux sont comme des dieux... *(A la
Belle.)* Il en devrait être ainsi... hélas! hélas! nous avons
tout perdu. Nous aurions pu être si heureux, je vous
le dis; nous aurions pu, nous aurions pu; peut-être,
des fleurs poussent sous la neige!...

LA VIEILLE, *au Photograveur.*

Flatteur! coquin! ah! ah! Je fais plus jeune que mon
âge? Vous êtes un petit apache! Vous êtes excitant.

LE VIEUX, *à la Belle.*

Voulez-vous être mon Yseult et moi votre Tristan?
la beauté est dans les cœurs... Comprenez-vous? On
aurait eu la joie en partage, la beauté, l'éternité...
l'éternité... Pourquoi n'avons-nous pas osé? Nous
n'avons pas assez voulu... Nous avons tout perdu,
perdu, perdu.

LA VIEILLE, *au Photograveur.*

Oh! non, oh! non, oh! là là, vous me donnez des

frissons. Vous aussi, vous êtes chatouillé? chatouilleux ou chatouilleur? J'ai un peu honte... *(Elle rit.)* Aimez-vous mon jupon? Préférez-vous cette jupe?

LE VIEUX, *à la Belle.*

Une pauvre vie de Maréchal des logis!

LA VIEILLE, *tourne la tête vers la première Dame invisible.*

Pour préparer des crêpes de Chine? Un œuf de bœuf, une heure de beurre, du sucre gastrique. *(Au Photograveur.)* Vous avez des doigts adroits, ah... tout de mê-ê-ême!... oh-oh-oh-oh.

LE VIEUX, *à la Belle.*

Ma noble compagne, Sémiramis, a remplacé ma mère. *(Il se tourne vers le Colonel.)* Colonel, je vous l'avais pourtant bien dit, on prend la vérité où on la trouve.

Il se retourne vers la Belle.

LA VIEILLE, *au Photograveur.*

Vous croyez vraiment, vraiment, que l'on peut avoir des enfants à tout âge? des enfants de tout âge?

LE VIEUX, *à la Belle.*

C'est bien ce qui m'a sauvé : la vie intérieure, un intérieur calme, l'austérité, mes recherches scientifiques, la philosophie, mon message...

LA VIEILLE, *au Photograveur.*

Je n'ai encore jamais trompé mon époux, le Maréchal... pas si fort, vous allez me faire tomber... Je ne suis que sa pauvre maman! *(Elle sanglote.)* Une arrière, arrière *(elle le repousse)*, arrière... maman. Ces cris, c'est ma conscience qui les pousse. Pour moi, la branche du pommier est cassée. Cherchez ailleurs votre voie. Je ne veux pas cueillir les roses de la vie...

LE VIEUX, *à la Belle.*

...des préoccupations d'un ordre supérieur...

> *Le Vieux et la Vieille conduisent la Belle et le Photo-*
> *graveur à côté des deux autres invités invisibles, et*
> *les font asseoir.*

LE VIEUX ET LA VIEILLE, *au Photograveur*
et à la Belle.

Asseyez-vous, asseyez-vous.

> *Les deux vieux s'assoient, lui à gauche, elle à droite*
> *avec les quatre chaises vides entre eux. Longue scène*
> *muette, puis ponctuée, de temps à autre, de « non »,*
> *de « oui », de « non », de « oui »*[1]. *Les Vieux*
> *écoutent ce que disent les personnes invisibles.*

LA VIEILLE, *au Photograveur.*

Nous avons eu un fils... il vit bien sûr... il s'en est
allé... c'est une histoire courante... plutôt bizarre...
il a abandonné ses parents... il avait un cœur d'or...
il y a bien longtemps... Nous qui l'aimions tant... il
a claqué la porte... Mon mari et moi avons essayé
de le tenir de force... il avait sept ans, l'âge de raison,
on lui criait : Mon fils, mon enfant, mon fils, mon
enfant... il n'a pas tourné la tête.

LE VIEUX

Hélas, non... non... nous n'avons pas eu d'enfant...
J'aurais bien voulu avoir un fils... Sémiramis aussi...
nous avons tout fait... ma pauvre Sémiramis, elle qui
est si maternelle. Peut-être ne le fallait-il pas. Moi-
même j'ai été un fils ingrat... Ah!... De la douleur,

---

1. Les « oui », « non », « oui », « non » doivent partir de
façon rythmique, lentement, comme une sorte de mélopée;
puis le rythme s'accélère. Les têtes des vieux dodelinent selon
la cadence.

des regrets, des remords, il n'y a que ça... il ne nous reste que ça...

LA VIEILLE

Il disait : Vous tuez les oiseaux! pourquoi tuez-vous les oiseaux?... Nous ne tuons pas les oiseaux... on n'a jamais fait de mal à une mouche... Il avait de grosses larmes dans les yeux. Il ne nous laissait pas les essuyer. On ne pouvait pas l'approcher. Il disait : si, vous tuez tous les oiseaux, tous les oiseaux... Il nous montrait ses petits poings... Vous mentez, vous m'avez trompé! Les rues sont pleines d'oiseaux tués, de petits enfants qui agonisent. C'est le chant des oiseaux!... Non, ce sont des gémissements. Le ciel est rouge de sang... Non, mon enfant, il est bleu... Il criait encore : Vous m'avez trompé, je vous adorais, je vous croyais bons... les rues sont pleines d'oiseaux morts, vous leur avez crevé les yeux... Papa, maman, vous êtes méchants!... Je ne veux plus rester chez vous... Je me suis jetée à ses genoux... Son père pleurait. Nous n'avons pas pu l'arrêter... On l'entendit encore crier : C'est vous les responsables... Qu'est-ce que c'est responsable?

LE VIEUX

J'ai laissé ma mère mourir toute seule dans un fossé. Elle m'appelait, gémissait faiblement : Mon petit enfant, mon fils bien-aimé, ne me laisse pas mourir toute seule... Reste avec moi. Je n'en ai pas pour bien longtemps. Ne t'en fais pas, maman, lui dis-je, je reviendrai dans un instant... j'étais pressé... j'allais au bal, danser. Je reviendrai dans un instant. A mon retour, elle était morte déjà, et enterrée profondément... J'ai creusé la terre, je l'ai cherchée... je n'ai pas pu la trouver... Je sais, je sais, les fils, toujours, abandonnent leur mère, tuent plus ou moins leur père... La vie est comme cela... mais moi, j'en souffre... les autres, pas...

LA VIEILLE

Il criait : Papa, maman, je ne vous reverrai pas...

LE VIEUX

J'en souffre, oui, les autres pas...

LA VIEILLE

Ne lui en parlez pas à mon mari. Lui qui aimait tellement ses parents. Il ne les a pas quittés un instant. Il les a soignés, choyés... Ils sont morts dans ses bras, en lui disant : Tu as été un fils parfait. Dieu sera bon pour toi.

LE VIEUX

Je la vois encore allongée dans son fossé, elle tenait du muguet dans sa main, elle criait : Ne m'oublie pas, ne m'oublie pas... elle avait de grosses larmes dans ses yeux, et m'appelait par mon surnom d'enfant : Petit poussin, disait-elle, petit poussin, ne me laisse pas toute seule, là.

LA VIEILLE, *au Photograveur.*

Il ne nous a jamais écrit. De temps à autre, un ami nous dit qu'il l'a vu là, qu'il l'a vu ci, qu'il se porte bien, qu'il est un bon mari...

LE VIEUX, *à la Belle.*

A mon retour, elle était enterrée depuis longtemps. *(A la première Dame.)* Oh! si, oh! si, Madame, nous avons le cinéma dans la maison, un restaurant, des salles de bains...

LA VIEILLE, *au Colonel.*

Mais oui, Colonel, c'est bien parce qu'il...

LE VIEUX

Dans le fond, c'est bien ça.

Conversation à bâtons rompus, s'enlisant.

LA VIEILLE

Pourvu!

LE VIEUX

Ainsi je n'ai... je lui... Certainement...

LA VIEILLE *(dialogue disloqué; épuisement)*.

Bref.

LE VIEUX

A notre, et aux siens.

LA VIEILLE

A ce que.

LE VIEUX

Je le lui ai.

LA VIEILLE

Le, ou la?

LE VIEUX

Les.

LA VIEILLE

Les papillotes... Allons donc.

LE VIEUX

Il n'en est.

LA VIEILLE

Pourquoi?

LE VIEUX

Oui.

LA VIEILLE

Je.

LE VIEUX

Bref.

LA VIEILLE

Bref.

LE VIEUX, *à la première Dame.*

Plaît-il, Madame?

> *Quelques instants, les Vieux restent figés sur leur chaise. Puis on entend de nouveau sonner.*

LE VIEUX, *avec une nervosité
qui ira grandissant.*

On vient. Du monde. Encore du monde.

LA VIEILLE

Il m'avait bien semblé entendre des barques...

LE VIEUX

Je vais ouvrir. Va chercher des chaises. Excusez-moi, Messieurs, Mesdames.

> *Il va vers la porte n° 7.*

LA VIEILLE, *aux personnages invisibles qui sont déjà là.*

Levez-vous, s'il vous plaît, un instant. L'Orateur doit bientôt venir. Il faut préparer la salle pour la conférence. *(La Vieille arrange les chaises, les dossiers tournés vers la salle.)* Donnez-moi un coup de main. Merci.

LE VIEUX, *il ouvre la porte n° 7.*

Bonjour, Mesdames, bonjour, Messieurs. Donnez-vous la peine d'entrer.

> *Les trois ou quatre personnes invisibles qui arrivent sont très grandes et le Vieux doit se hausser sur la pointe des pieds pour serrer leur main.*

> *La Vieille, après avoir placé les chaises comme il
> est dit ci-dessus, va à la suite du Vieux.*

LE VIEUX, *faisant les présentations.*

Ma femme... Monsieur... Madame... ma femme...
Monsieur... Madame... ma femme...

LA VIEILLE

Qui sont tous ces gens-là, mon chou?

LE VIEUX, *à la Vieille.*

Va chercher des chaises, chérie.

LA VIEILLE

Je ne peux pas tout faire!...

> *Elle sortira, tout en ronchonnant, par la porte n° 6,
> rentrera par la porte n° 7, tandis que le Vieux ira
> avec les nouveaux venus vers le devant de la scène.*

LE VIEUX

Ne laissez pas tomber votre appareil cinémato-
graphique... (*Encore des présentations.*) Le Colonel...
La Dame... Madame la Belle... Le Photograveur...
Ce sont des journalistes, ils sont venus eux aussi écou-
ter le conférencier, qui sera certainement là tout à
l'heure... Ne vous impatientez pas... Vous n'allez pas
vous ennuyer... tous ensemble... (*La Vieille fait son appa-
rition avec deux chaises par la porte n° 7.*) Allons toi, plus
vite avec tes chaises... il en faut encore une.

> *La Vieille va chercher une autre chaise, toujours
> ronchonnant, par la porte n° 3 et reviendra par la
> porte n° 8.*

LA VIEILLE

Ça va, ça va... je fais ce que je peux... je ne suis pas
une mécanique... Qui sont-ils tous ces gens-là?

> *Elle sort.*

LE VIEUX

Asseyez-vous, asseyez-vous, les dames avec les dames, les messieurs avec les messieurs, ou le contraire, si vous voulez... Nous n'avons pas de chaises plus belles... c'est plutôt improvisé... excusez... prenez celle du milieu... voulez-vous un stylo?... téléphonez à Maillot, vous aurez Monique... Claude c'est providence... Je n'ai pas la radio... Je reçois tous les journaux... ça dépend d'un tas de choses; j'administre ces logis, mais je n'ai pas de personnel... il faut faire des économies... pas d'interview, je vous en prie, pour le moment... après, on verra... vous allez avoir tout de suite une place assise... mais qu'est-ce qu'elle fait?... *(La Vieille apparaît par la porte n° 8 avec une chaise.)* Plus vite, Sémiramis...

LA VIEILLE

Je fais de mon mieux... Qui sont-ils tous ces gens-là?

LE VIEUX

Je t'expliquerai plus tard.

LA VIEILLE

Et celle-là? celle-là, mon chou?

LE VIEUX

Ne t'en fais pas... *(Au Colonel.)* Mon Colonel, le journalisme est un métier qui ressemble à celui du guerrier... *(A la Vieille.)* Occupe-toi un peu des dames, ma chérie... *(On sonne. Le Vieux se précipite vers la porte n° 8.)* Attendez, un instant... *(A la Vieille.)* Des chaises!

LA VIEILLE

Messieurs, Mesdames, excusez-moi...

> *Elle sortira par la porte n° 3, reviendra par la porte n° 2; le Vieux va ouvrir la porte cachée n° 9 et disparaît au moment où la Vieille réapparaît par la porte n° 3.*

LE VIEUX, *caché.*

Entrez... entrez... entrez... entrez... *(Il réapparaît, traînant derrière lui une quantité de personnes invisibles dont un tout petit enfant qu'il tient par la main.)* On ne vient pas avec des petits enfants à une conférence scientifique... il va s'ennuyer le pauvre petit... s'il se met à crier ou à pisser sur les robes des dames, cela va en faire du joli! *(Il les conduit au milieu de la scène. La Vieille arrive avec deux chaises.)* Je vous présente ma femme. Sémiramis, ce sont leurs enfants.

LA VIEILLE

Messieurs, mesdames... oh! qu'ils sont gentils!

LE VIEUX

Celui-là c'est le plus petit.

LA VIEILLE

Qu'il est mignon... mignon... mignon!

LE VIEUX

Pas assez de chaises.

LA VIEILLE

Ah! la la la la...

> *Elle sort chercher une autre chaise, elle utilisera maintenant pour entrer et sortir les portes n°s 2 et 3 à droite.*

LE VIEUX

Prenez le petit sur vos genoux... Les deux jumeaux pourront s'asseoir sur une même chaise. Attention, elles ne sont pas solides... ce sont des chaises de la maison, elles appartiennent au propriétaire. Oui, mes enfants, il nous disputerait, il est méchant... il voudrait qu'on les lui achète, elles n'en valent pas la peine. *(La Vieille arrive le plus vite qu'elle peut avec une chaise.)* Vous

ne vous connaissez pas tous... vous vous voyez pour la
première fois... vous vous connaissiez tous de nom...
(A la Vieille.) Sémiramis, aide-moi à faire les présentations...

LA VIEILLE

Qui sont tous ces gens-là?... Je vous présente, permettez, je vous présente... mais qui sont-ils?

LE VIEUX

Permettez-moi de vous présenter... que je vous pré-
sente... que je vous la présente... Monsieur, Madame,
Mademoiselle... Monsieur... Madame... Madame...
Monsieur...

LA VIEILLE, *au Vieux.*

As-tu mis ton tricot? *(Aux invisibles.)* Monsieur,
Madame, Monsieur...

Nouveau coup de sonnette.

LE VIEUX

Du monde!

Un autre coup de sonnette.

LA VIEILLE

Du monde!

*Un autre coup de sonnette, puis d'autres, et d'autres
encore; le vieux est débordé; les chaises, tournées vers
l'estrade, dossiers à la salle, forment des rangées régu-
lières, toujours augmentées, comme pour une salle de
spectacle; le Vieux, essoufflé, s'épongeant le front, va
d'une porte à l'autre, place les gens invisibles, tandis
que la Vieille, clopin-clopant, n'en pouvant plus, va, le
plus vite qu'elle peut, d'une porte à l'autre, chercher
et porter des chaises; il y a maintenant beaucoup de
personnes invisibles sur le plateau; les vieux font attention pour ne pas heurter les gens; pour se faufiler entre
les rangées de chaises. Le mouvement pourra se faire*

comme suit : le Vieux va à la porte n° 4, la Vieille sort par la porte n° 3, revient par la porte n° 2; le Vieux va ouvrir la porte n° 7, la Vieille sort par la porte n° 8, revient par la porte n° 6 avec les chaises, etc., afin de faire le tour du plateau, par l'utilisation de toutes les portes.

LA VIEILLE

Pardon... pardon... quoi... ben... pardon... pardon...

LE VIEUX

Messieurs, entrez... Mesdames... entrez... c'est Madame... permettez... oui...

LA VIEILLE, *avec des chaises.*

Là... là... ils sont trop... Ils sont vraiment trop, trop... trop nombreux, ah! la la la la...

On entend du dehors de plus en plus fort et de plus en plus près les glissements des barques sur l'eau; tous les bruits ne viennent plus que des coulisses. La Vieille et le Vieux continuent le mouvement indiqué ci-dessus; on ouvre des portes, on apporte des chaises. Sonnerie ininterrompue.

LE VIEUX

Cette table nous gêne[1]. *(Il déplace, ou plutôt il esquisse le mouvement de déplacer une table, de manière à ne pas ralentir, aidé par la Vieille.)* Il n'y a guère de place, ici, excusez-nous...

LA VIEILLE, *en esquissant le geste
de débarrasser la table, au Vieux.*

As-tu mis ton tricot?

Coups de sonnette.

1. Réplique supprimée à la représentation; ainsi que, bien sûr, l'indication scénique qui suit. Il n'y avait pas de table.

LE VIEUX

Du monde! Des chaises! du monde! des chaises!
Entrez, entrez Messieurs-dames... Sémiramis, plus
vite... On te donnera bien un coup de main...

LA VIEILLE

Pardon... pardon... bonjour, Madame... Madame...
Monsieur... Monsieur... oui, oui, les chaises...

LE VIEUX, *tandis que l'on sonne de plus en plus fort et que
l'on entend le bruit des barques heurtant le quai tout près, et
de plus en plus fréquemment, s'empêtre dans les chaises, n'a
presque pas le temps d'aller d'une porte à l'autre, tellement
les sonneries se succèdent vite.*

Oui, tout de suite... as-tu mis ton tricot? oui, oui...
tout de suite, patience, oui, oui... patience...

LA VIEILLE

Ton tricot? Mon tricot?... pardon, pardon.

LE VIEUX

Par ici, Messieurs-dames, je vous demande... je vous
de... pardon... mande... entrez, entrez... vais conduire...
là, les places... chère amie... pas par là... attention...
vous mon amie?...

> *Puis, un long moment, plus de paroles. On entend
> les vagues, les barques, les sonneries ininterrompues. Le
> mouvement est à son point culminant d'intensité. Les
> portes s'ouvrent et se ferment toutes à présent, sans
> arrêt, toutes seules. La grande porte du fond reste fer-
> mée. Allées et venues des vieux, sans un mot, d'une
> porte à l'autre; ils ont l'air de glisser sur des roulettes.
> Le vieux reçoit les gens, les accompagne, mais ne va
> pas très loin, il leur indique seulement les places après
> avoir fait un ou deux pas avec eux; il n'a pas le temps.
> La Vieille apporte des chaises. Le Vieux et la Vieille
> se rencontrent et se heurtent, une ou deux fois, sans*

*interrompre le mouvement. Puis, au milieu et au fond
de la scène, le Vieux, presque sur place, se tournera de
gauche à droite, de droite à gauche, etc., vers toutes
les portes et indiquera les places du bras. Le bras bou-
gera très vite. Puis, enfin, la Vieille s'arrêtera, avec
une chaise à la main, qu'elle posera, reprendra, repo-
sera, faisant mine de vouloir aller elle aussi d'une porte
à l'autre, de droite à gauche, de gauche à droite, bou-
geant très vite la tête et le cou; cela ne doit pas faire
tomber le mouvement; les deux vieux devront toujours
donner l'impression de ne pas s'arrêter, tout en restant
à peu près sur place; leurs mains, leur buste, leur tête,
leurs yeux s'agiteront, en dessinant peut-être des petits
cercles. Enfin, ralentissement, d'abord léger, progres-
sif, du mouvement : les sonneries moins fortes, moins
fréquentes; les portes s'ouvriront de moins en moins
vite; les gestes des Vieux ralentiront progressivement.
Au moment où les portes cesseront tout à fait de s'ouvrir
et de se fermer, les sonneries de se faire entendre, on
devra avoir l'impression que le plateau est archiplein
de monde* [1].

1. Le nombre des chaises apportées sur le plateau doit
être important : une quarantaine au moins; davantage si
possible. Elles arrivent très vite, de plus en plus vite. Il y a
accumulation. Le plateau est envahi par ces chaises, cette
foule des absences présentes. Pour cette raison (rythme,
vitesse), il est préférable que le rôle de la Vieille soit joué
par une comédienne jeune qui compose. Ainsi il en a été à
Paris (Tsilla Chelton) et à Londres et New York (Joan
Plowright). C'est un tour de force, cela doit tenir un peu
du cirque. A la fin de ce numéro, des chaises peuvent également apparaître dans le fond du décor. Par l'éclairage, la
petite chambre des vieux doit donner l'impression d'être
devenue immense, comme l'intérieur d'une cathédrale. C'est
ainsi qu'elle apparaissait dans la mise en scène de Jacques
Mauclair (1956) et grâce aux décors de Jacques Noël.
Les répliques de la Vieille, lorsque celle-ci répétera les
derniers mots du Vieux, sont tantôt comme un écho très

LE VIEUX

Je vais vous placer... patience... Sémiramis, bon sang...

LA VIEILLE, *un grand geste; les mains vides.*

Il n'y a plus de chaises, mon chou. *(Puis, brusquement, elle se mettra à vendre des programmes invisibles dans la salle pleine, aux portes fermées.)* Le programme, demandez le programme, le programme de la soirée, demandez le programme!

LE VIEUX

Du calme, Messieurs, Mesdames, on va s'occuper de vous... Chacun son tour, par ordre d'arrivée... Vous aurez de la place. On s'arrangera.

amplifié, tantôt doivent être dites sur un ton de mélopée et de lamentations cadencées.

A partir d'un certain moment, les chaises ne représentent plus des personnages déterminés (Dame, Colonel, la Belle, Photograveur, etc.), mais bien la foule. Elles jouent toutes seules.

C'est pour cela que j'insiste sur le fait qu'il est recommandé au metteur en scène, pendant l'arrivée des dernières vagues de chaises, de laisser la Vieille affolée les apporter sans parler, durant une minute. Pendant cette minute, et pendant que seules les sonneries retentiront sans arrêt, le Vieux, à l'avant-scène, comme un pantin, pourra simplement s'incliner, faire des révérences rapides, tête à droite, à gauche, devant lui, pour saluer les invités.

Nous avions envisagé même d'utiliser une *deuxième Vieille,* ayant une silhouette identique à celle de Sémiramis, qui apporterait des chaises au moment de l'accélération, en entrant de dos et sortant toujours de dos, aussitôt, au moment même où Sémiramis serait sortie du côté opposé du plateau, afin de donner l'impression de la rapidité et que Sémiramis et ses chaises viennent de partout à la fois. La *seconde Vieille* pourrait faire ce jeu une fois ou deux. Une certaine impression de simultanéité pourrait être donnée ainsi : la Vieille semble entrer d'un côté au moment même où elle sort de l'autre et vice versa.

LA VIEILLE

Demandez le programme! Attendez donc un peu, Madame, je ne peux pas servir tout le monde à la fois, je n'ai pas trente-trois mains, je ne suis pas une vache... Monsieur, ayez, je vous prie, l'amabilité de passer le programme à votre voisine, merci... ma monnaie, ma monnaie...

LE VIEUX

Puisque je vous dis qu'on va vous placer! Ne vous énervez pas! Par ici, c'est par ici, là, attention... oh, cher ami... chers amis...

LA VIEILLE

...Programme... mandez gramme... gramme...

LE VIEUX

Oui, mon cher, elle est là, plus bas, elle vend les programmes,... il n'y a pas de sots métiers... c'est elle... vous la voyez?... vous avez une place dans la deuxième rangée... à droite... non, à gauche... c'est ça!...

LA VIEILLE

...gramme... gramme... programme... demandez le programme...

LE VIEUX

Que voulez-vous que j'y fasse? Je fais de mon mieux! *(A des invisibles assis.)* Poussez-vous un petit peu, s'il vous plaît... encore une petite place, elle sera pour vous, Madame... approchez. *(Il monte sur l'estrade, obligé par la poussée de la foule.)* Mesdames, Messieurs, veuillez nous excuser, il n'y a plus de places assises...

LA VIEILLE, *qui se trouve à un bout opposé,*
en face du Vieux, entre la porte n° 3 et la fenêtre.

Demandez le programme... qui veut le programme? Chocolat glacé, caramels... bonbons acidulés... *(Ne*

pouvant bouger, la Vieille, coincée par la foule, lance ses
programmes et ses bonbons au hasard, par-dessus les têtes
invisibles.) En voici! en voilà!

LE VIEUX, *sur l'estrade, debout, très animé;*
il est bousculé, descend de l'estrade, remonte, redescend,
heurte un visage, est heurté par un coude, dit.

Pardon... mille excuses... faites attention...

Poussé, il chancelle, a du mal à rétablir son équilibre,
s'agrippe à des épaules.

LA VIEILLE

Qu'est-ce que c'est que tout ce monde? Programme,
demandez donc le programme, chocolat glacé.

LE VIEUX

Mesdames, Mesdemoiselles, Messieurs, un instant de
silence, je vous en supplie... du silence... c'est très
important... les personnes qui n'ont pas de place
assise sont priées de bien vouloir dégager le passage...
c'est ça... Ne restez pas entre les chaises.

LA VIEILLE, *au Vieux, presque criant.*

Qui sont tous ces gens-là, mon chou? Qu'est-ce qu'ils
viennent faire ici?

LE VIEUX

Dégagez, Messieurs-dames. Les personnes qui n'ont
pas de place assise doivent, pour la commodité de tous,
se mettre debout, contre le mur, là, sur la droite ou la
gauche... vous entendrez tout, vous verrez tout, ne crai-
gnez rien, toutes les places sont bonnes!

Il se fait un grand remue-ménage; poussé par la
foule, le Vieux fera presque le tour du plateau et devra
se trouver à la fenêtre de droite, près de l'escabeau; la
Vieille devra faire le même mouvement en sens inverse,

et se trouvera à la fenêtre de gauche, près de l'autre escabeau.

LE VIEUX, *faisant le mouvement indiqué.*

Ne poussez pas, ne poussez pas.

LA VIEILLE, *même jeu.*

Ne poussez pas, ne poussez pas.

LE VIEUX, *même jeu.*

Poussez pas, ne poussez pas.

LA VIEILLE, *même jeu.*

Ne poussez pas, Messieurs-dames, ne poussez pas.

LE VIEUX, *même jeu.*

Du calme... doucement... du calme... qu'est-ce que...

LA VIEILLE, *même jeu.*

Vous n'êtes pourtant pas des sauvages, tout de même.

Ils sont enfin arrivés à leurs places définitives. Chacun près de sa fenêtre. Le Vieux, à gauche, à la fenêtre du côté de l'estrade. La Vieille à droite. Ils ne bougeront plus jusqu'à la fin.

LA VIEILLE, *elle appelle son Vieux.*

Mon chou... je ne te vois plus... où es-tu? Qui sont-ils? Qu'est-ce qu'ils veulent tous ces gens-là? Qui est celui-là?

LE VIEUX

Où es-tu? Où es-tu, Sémiramis?

LA VIEILLE

Mon chou, où es-tu?

LE VIEUX

Ici, près de la fenêtre... m'entends-tu?...

LA VIEILLE

Oui, j'entends ta voix!... Il y en a beaucoup... mais je distingue la tienne...

LE VIEUX

Et toi, où es-tu?

LA VIEILLE

A la fenêtre, moi aussi!... Mon chéri, j'ai peur, il y a trop de monde... nous sommes bien loin l'un de l'autre... à notre âge, nous devons faire attention... nous pourrions nous égarer... Il faut rester tout près, on ne sait jamais, mon chou, mon chou...

LE VIEUX

Ah!... je viens de t'apercevoir... oh!... on se reverra, ne crains rien... je suis avec des amis. *(Aux amis.)* Que je suis content de vous serrer la main... Mais oui, je crois au progrès, ininterrompu, avec des secousses pourtant, pourtant...

LA VIEILLE

Ça va, merci... Quel mauvais temps! Comme il fait beau! *(A part.)* J'ai peur quand même... Qu'est-ce que je fais là?... *(Elle crie.)* Mon chou! Mon chou!...

> Chacun de son côté parlera aux invités.

LE VIEUX

Pour empêcher l'exploitation de l'homme par l'homme, il nous faut de l'argent, de l'argent, encore de l'argent!

LA VIEILLE

Mon chou! *(Puis accaparée par des amis.)* Oui, mon mari est là, c'est lui qui organise... là-bas... oh! vous n'y arriverez pas... il faudrait pouvoir traverser, il est avec des amis...

LE VIEUX

Certainement pas... je l'ai toujours dit... la logique pure, ça n'existe pas... c'est de l'imitation.

LA VIEILLE

Voyez-vous, il y a de ces gens heureux. Le matin, ils prennent leur petit déjeuner en avion, à midi, ils déjeunent en chemin de fer, le soir, ils dînent en paquebot. Ils dorment la nuit dans des camions qui roulent, roulent, roulent...

LE VIEUX

Vous parlez de la dignité de l'homme? Tâchons au moins de sauver la face. La dignité n'est que son dos.

LA VIEILLE

Ne glissez pas dans les ténèbres.

Elle éclate de rire, en conversation.

LE VIEUX

Vos compatriotes me le demandent.

LA VIEILLE

Certainement... racontez-moi tout.

LE VIEUX

Je vous ai convoqués... pour qu'on vous explique... l'individu et la personne, c'est une seule et même personne.

LA VIEILLE

Il a un air emprunté. Il nous doit beaucoup d'argent.

LE VIEUX

Je ne suis pas moi-même. Je suis un autre. Je suis l'un dans l'autre.

LA VIEILLE

Mes enfants, méfiez-vous les uns des autres.

LE VIEUX

Je me réveille quelquefois au milieu du silence absolu. C'est la sphère. Il n'y manque rien. Il faut faire attention cependant. Sa forme peut disparaître subitement. Il y a des trous par où elle s'échappe.

LA VIEILLE

Des revenants, voyons, des fantômes, des rien du tout... Mon mari exerce des fonctions très importantes, sublimes.

LE VIEUX

Excusez-moi... Ce n'est pas du tout mon avis!... Je vous ferai connaître à temps mon opinion à ce sujet... Je ne dirai rien pour le moment!... C'est l'Orateur, celui que nous attendons, c'est lui qui vous dira, qui répondra pour moi, tout ce qui nous tient à cœur... Il vous expliquera tout... quand?... lorsque le moment sera venu... le moment viendra bientôt...

LA VIEILLE, *de son côté à ses amis.*

Le plus tôt sera le mieux... Bien entendu... *(A part.)* Ils ne vont plus nous laisser tranquilles. Qu'ils s'en aillent!... Mon pauvre chou où est-il, je ne l'aperçois plus...

LE VIEUX, *même jeu.*

Ne vous impatientez pas comme ça. Vous entendrez mon message. Tout à l'heure.

LA VIEILLE, *à part.*

Ah!... j'entends sa voix!... *(Aux amis.)* Savez-vous, mon époux a toujours été incompris. Son heure enfin est venue.

LE VIEUX

Écoutez-moi. J'ai une riche expérience. Dans tous les domaines de la vie, de la pensée... Je ne suis pas un égoïste : il faut que l'humanité en tire son profit.

LA VIEILLE

Aïe! Vous me marchez sur les pieds... J'ai des engelures!

LE VIEUX

J'ai mis au point tout un système. *(A part.)* L'Orateur devrait être là! *(Haut.)* J'ai énormément souffert.

LA VIEILLE

Nous avons beaucoup souffert. *(A part.)* L'Orateur devrait être là! C'est l'heure pourtant.

LE VIEUX

Beaucoup souffert, beaucoup appris.

LA VIEILLE *(comme l'écho)*.

Beaucoup souffert, beaucoup appris.

LE VIEUX

Vous verrez vous-même, mon système est parfait.

LA VIEILLE *(comme l'écho)*.

Vous verrez vous-même, son système est parfait.

LE VIEUX

Si on veut bien obéir à mes instructions.

LA VIEILLE *(écho)*.

Si on veut suivre ses instructions.

LE VIEUX

Sauvons le monde!...

LA VIEILLE *(écho)*.

Sauver son âme en sauvant le monde!...

LE VIEUX

Une seule vérité pour tous!

LA VIEILLE *(écho)*.

Une seule vérité pour tous!

LE VIEUX

Obéissez-moi!...

LA VIEILLE *(écho)*.

Obéissez-lui!...

LE VIEUX

Car j'ai la certitude absolue!...

LA VIEILLE *(écho)*.

Il a la certitude absolue!

LE VIEUX

Jamais...

LA VIEILLE *(écho)*.

Au grand jamais...

Soudain on entend dans les coulisses du bruit, des fanfares.

LA VIEILLE

Que se passe-t-il?

Les bruits grandissent, puis la porte du fond s'ouvre toute grande, à grand fracas; par la porte ouverte, on n'aperçoit que le vide, mais, très puissante, une

*grande lumière envahit le plateau par la grande porte
et les fenêtres qui, à l'arrivée de l'Empereur, également
invisible, se sont fortement éclairées.*

LE VIEUX

Je ne sais pas... je ne crois pas... est-ce possible...
mais oui... mais oui... incroyable... et pourtant si...
oui... si... oui... c'est l'Empereur! Sa Majesté l'Empereur!

*Lumière maximum d'intensité, par la porte ouverte,
par les fenêtres; mais lumière froide, vide; des bruits
encore qui cesseront brusquement.*

LA VIEILLE

Mon chou... mon chou... qui est-ce?

LE VIEUX

Levez-vous!... C'est Sa Majesté l'Empereur! L'Empereur, chez moi, chez nous... Sémiramis... te rends-tu
compte?

LA VIEILLE, *ne comprenant pas.*

L'Empereur... L'Empereur? mon chou! *(Puis soudain, elle comprend.)* Ah! oui, l'Empereur! Majesté!
Majesté! *(Elle fait éperdument des révérences grotesques,
innombrables.)* Chez nous! chez nous!

LE VIEUX, *pleurant d'émotion.*

Majesté!... Oh! ma Majesté!... ma petite, ma grande
Majesté!... Oh! quelle sublime grâce... c'est un rêve
merveilleux...

LA VIEILLE *(comme l'écho).*

Rêve merveilleux... erveilleux...

LE VIEUX, *à la foule invisible.*

Mesdames, Messieurs, levez-vous, notre Souverain

bien-aimé, l'Empereur, est parmi nous! Hourrah! Hourrah!

> *Il monte sur l'escabeau; il se soulève sur la pointe des pieds pour pouvoir apercevoir l'Empereur; la Vieille, de son côté, fait de même.*

LA VIEILLE

Hourrah! Hourrah!

> *Trépignements.*

LE VIEUX

Votre Majesté!... Je suis là!... Votre Majesté! M'entendez-vous? Me voyez-vous? Faites donc savoir à sa Majesté que je suis là! Majesté! Majesté!! Je suis là, votre plus fidèle serviteur!...

LA VIEILLE, *toujours faisant écho.*

Votre plus fidèle serviteur, Majesté!

LE VIEUX

Votre serviteur, votre esclave, votre chien, haouh, haouh, votre chien, Majesté...

LA VIEILLE, *pousse très fort des hurlements de chien.*

Houh... houh... houh...

LE VIEUX, *se tordant les mains.*

Me voyez-vous? Répondez, Sire!... Ah! je vous aperçois, je viens d'apercevoir la figure auguste de votre Majesté... Votre front divin... Je l'ai aperçu, oui, malgré l'écran des courtisans...

LA VIEILLE

Malgré les courtisans... nous sommes là, Majesté.

LE VIEUX

Majesté! Majesté! Ne laissez pas, Mesdames, Messieurs, Sa Majesté debout... vous voyez, ma Majesté, je suis vraiment le seul à avoir soin de vous, de votre santé, je suis le plus fidèle de vos sujets...

LA VIEILLE *(écho)*.

Les plus fidèles sujets de votre Majesté!

LE VIEUX

Laissez-moi donc passer, Mesdames et Messieurs... comment faire pour me frayer un passage dans cette cohue... il faut que j'aille présenter mes très humbles respects à Sa Majesté l'Empereur... Laissez-moi passer...

LA VIEILLE *(écho)*.

Laissez-le passer... laissez-le passer... passer... asser...

LE VIEUX

Laissez-moi passer, laissez-moi donc passer. *(Désespéré.)* Ah! arriverai-je jamais jusqu'à Lui?

LA VIEILLE *(écho)*.

A lui... à lui...

LE VIEUX

Pourtant, mon cœur et tout mon être sont à ses pieds, la foule des courtisans l'entoure, ah! ah! ils veulent m'empêcher d'arriver jusqu'à lui... Ils se doutent bien eux tous que... oh! je m'entends, je m'entends... Les intrigues de la Cour, je connais ça... On veut me séparer de votre Majesté!

LA VIEILLE

Calme-toi, mon chou... Sa Majesté te voit, te regarde... Sa Majesté m'a fait un clin d'œil... Sa Majesté est avec nous!...

LE VIEUX

Qu'on donne à l'Empereur la meilleure place...

près de l'estrade... qu'il entende tout ce que dira
l'Orateur.

LA VIEILLE, *se hissant sur son escabeau,*
sur la pointe des pieds, soulevant son menton
le plus haut qu'elle peut, pour mieux voir.

On s'occupe de l'Empereur enfin.

LE VIEUX

Le ciel soit loué *(A l'Empereur.)* Sire... que votre
Majesté ait confiance. C'est un ami, mon représentant,
qui est auprès de votre Majesté. *(Sur la pointe des pieds,*
debout sur un escabeau.) Messieurs, Mesdames, Mesdemoiselles, mes petits enfants, je vous implore...

LA VIEILLE *(écho).*

Plore... plore...

LE VIEUX

... Je voudrais voir... écartez-vous... je voudrais...
le regard céleste, le respectable visage, la couronne,
l'auréole de Sa Majesté... Sire, daignez tourner votre
illustre face de mon côté, vers votre serviteur humble...
si humble... oh! j'aperçois nettement cette fois... j'aperçois...

LA VIEILLE *(écho).*

Il aperçoit cette fois... il aperçoit... perçoit... çoit...

LE VIEUX

Je suis au comble de la joie... je n'ai pas de parole
pour exprimer la démesure de ma gratitude... dans
mon modeste logis, oh! Majesté! oh! soleil!... ici...
ici... dans ce logis où je suis, il est vrai, le Maréchal...
mais dans la hiérarchie de votre armée, je ne suis qu'un
simple Maréchal des logis...

LA VIEILLE *(écho).*

Maréchal des logis...

LE VIEUX

J'en suis fier... fier et humble, à la fois... comme il se doit... hélas! certes, je suis Maréchal, j'aurais pu être à la Cour impériale, je ne surveille ici qu'une petite cour... Majesté... je... Majesté, j'ai du mal à m'exprimer... j'aurais pu avoir... beaucoup de choses, pas mal de biens si j'avais su, si j'avais voulu, si je... si nous... Majesté, excusez mon émotion...

LA VIEILLE

A la troisième personne!

LE VIEUX, *pleurnichant.*

Que votre Majesté daigne m'excuser! Vous êtes donc venu... on n'espérait plus... on aurait pu ne pas être là... oh! sauveur, dans ma vie, j'ai été humilié...

LA VIEILLE (*écho*), *sanglotant.*

...milié... milié...

LE VIEUX

J'ai beaucoup souffert dans ma vie... J'aurais pu tre quelque chose, si j'avais pu être sûr de l'appui e votre Majesté... je n'ai aucun appui... si vous n'étiez as venu, tout aurait été trop tard... vous êtes, Sire, on dernier recours...

LA VIEILLE (*écho*).

Dernier recours... Sire... ernier recours... ire... recours...

LE VIEUX

J'ai porté malheur à mes amis, à tous ceux qui m'ont aidé... La foudre frappait la main qui vers moi se ten-dait...

LA VIEILLE (*écho*).

...mains qui se tendaient... tendaient... aient...

LE VIEUX

On a toujours eu de bonnes raisons de me haïr, de mauvaises raisons de m'aimer...

LA VIEILLE

C'est faux, mon chou, c'est faux. Je t'aime moi, je suis ta petite mère...

LE VIEUX

Tous mes ennemis ont été récompensés et mes amis m'ont trahi...

LA VIEILLE *(écho)*.

Amis... trahi... trahi...

LE VIEUX

On m'a fait du mal. Ils m'ont persécuté. Si je me plaignais, c'est à eux que l'on donnait toujours raison... J'ai essayé, parfois, de me venger... je n'ai jamais pu, jamais pu me venger... j'avais trop pitié... je ne voulais pas frapper l'ennemi à terre, j'ai toujours été trop bon.

LA VIEILLE *(écho)*.

Il était trop bon, bon, bon, bon, bon...

LE VIEUX

C'est ma pitié qui m'a vaincu...

LA VIEILLE *(écho)*.

Ma pitié... pitié... pitié...

LE VIEUX

Mais eux n'avaient pas pitié. Je donnais un coup d'épingle, ils me frappaient à coups de massue, à coups de couteau, à coups de canon, ils me broyaient les os...

LA VIEILLE *(écho)*.

...les os... les os... les os...

LE VIEUX

On prenait ma place, on me volait, on m'assassinait... J'étais le collectionneur de désastres, le paratonnerre des catastrophes...

LA VIEILLE *(écho)*.

Paratonnerre... catastrophe... paratonnerre...

LE VIEUX

Pour oublier, Majesté, j'ai voulu faire du sport... de l'alpinisme... on m'a tiré par les pieds pour me faire glisser... j'ai voulu monter des escaliers, on m'a pourri les marches... Je me suis effondré... J'ai voulu voyager, on m'a refusé le passeport... J'ai voulu traverser la rivière, on m'a coupé les ponts...

LA VIEILLE *(écho)*.

Coupé les ponts.

LE VIEUX

J'ai voulu franchir les Pyrénées, il n'y avait déjà plus de Pyrénées.

LA VIEILLE *(écho)*.

Plus de Pyrénées... Il aurait pu être, lui aussi, Majesté, comme tant d'autres, un Rédacteur chef, un Acteur chef, un Docteur chef, Majesté, un Roi chef...

LE VIEUX

D'autre part on n'a jamais voulu me prendre en considération... on ne m'a jamais envoyé les cartes d'invitation... Pourtant moi, écoutez, je vous le dis, moi seul aurais pu sauver l'humanité, qui est bien malade. Votre Majesté s'en rend compte comme

moi... ou, du moins, j'aurais pu lui épargner les maux
dont elle a tant souffert ce dernier quart de siècle,
si j'avais eu l'occasion de communiquer mon message;
je ne désespère pas de la sauver, il est encore temps,
j'ai le plan... hélas, je m'exprime difficilement...

LA VIEILLE, *par-dessus les têtes invisibles.*

L'Orateur sera là, il parlera pour toi. Sa Majesté
est là... ainsi on écoutera, tu n'as plus à t'inquiéter,
tu as tous les atouts, ça a changé, ça a changé...

LE VIEUX

Que votre Majesté me pardonne... elle a bien d'autres
soucis... j'ai été humilié... Mesdames et Messieurs,
écartez-vous un tout petit peu, ne me cachez pas
complètement le nez de Sa Majesté, je veux voir briller
les diamants de la couronne impériale... Mais si votre
Majesté a daigné venir sous mon toit misérable, c'est
bien parce qu'elle condescend à prendre en considération ma pauvre personne. Quelle extraordinaire
compensation. Majesté, si matériellement je me hausse
sur la pointe des pieds, ce n'est pas par orgueil, ce
n'est que pour vous contempler!... moralement je
me jette à vos genoux...

LA VIEILLE, *sanglotant.*

A vos genoux, Sire, nous nous jetons à vos genoux,
à vos pieds, à vos orteils...

LE VIEUX

J'ai eu la gale. Mon patron m'a mis à la porte parce
que je ne faisais pas la révérence à son bébé, à son
cheval. J'ai reçu des coups de pied au cul, mais tout
cela, Sire, n'a plus aucune importance... puisque...
Sire... Majesté... regardez... je suis là... là...

LA VIEILLE *(écho).*

Là... là... là... là... là... là...

LE VIEUX

Puisque votre Majesté est là... puisque votre Majesté prendra en considération mon message... Mais l'Orateur devrait être là... Il fait attendre Sa Majesté...

LA VIEILLE

Que Sa Majesté l'excuse. Il doit venir. Il sera là dans un instant. On nous a téléphoné.

LE VIEUX

Sa Majesté est bien bonne. Sa Majesté ne partira pas comme ça sans avoir tout écouté, tout entendu.

LA VIEILLE *(écho)*.

Tout entendu... entendu... tout écouté...

LE VIEUX

C'est lui qui va parler en mon nom... Moi, je ne peux pas... je n'ai pas de talent... lui il a tous les papiers, tous les documents...

LA VIEILLE

Un peu de patience, Sire, je vous en supplie... il doit venir.

LA VIEILLE

Il doit venir à l'instant.

LE VIEUX, *pour que l'Empereur ne s'impatiente pas.*

Majesté, écoutez, j'ai eu la révélation il y a longtemps... j'avais quarante ans... je dis ça aussi pour vous, Messieurs-dames... un soir, après le repas, comme de coutume, avant d'aller au lit, je m'assis sur les genoux de mon père... mes moustaches étaient plus grosses que les siennes et plus pointues... ma poitrine plus velue... mes cheveux grisonnants déjà, les siens étaient encore bruns... Il y avait des invités, des grandes personnes, à table, qui se mirent à rire, rire.

LA VIEILLE *(écho)*.

Rire... rire...

LE VIEUX

Je ne plaisante pas, leur dis-je. J'aime bien mon papa. On me répondit : Il est minuit, un gosse ne se couche pas si tard. Si vous ne faites pas encore dodo c'est que vous n'êtes plus un marmot. Je ne les aurais quand même pas crus s'ils ne m'avaient pas dit vous...

LA VIEILLE *(écho)*.

« Vous. »

LE VIEUX

Au lieu de tu...

LA VIEILLE *(écho)*.

Tu...

LE VIEUX

Pourtant, pensais-je, je ne suis pas marié. Je suis donc encore enfant. On me maria à l'instant même, rien que pour me prouver le contraire... Heureusement, ma femme m'a tenu lieu de père et de mère[1]...

LA VIEILLE

L'Orateur doit venir, Majesté...

LE VIEUX

Il viendra, l'Orateur.

LA VIEILLE

Il viendra.

1. La tirade du Vieux sur le père (à partir de « Majesté, écoutez, j'ai eu la révélation »... jusqu'à « ma femme m'a tenu lieu de père et de mère ») a été supprimée à la représentation. Je conseille que l'on continue de la supprimer.

LE VIEUX

Il viendra.

LA VIEILLE

Il viendra.

LE VIEUX

Il viendra.

LA VIEILLE

Il viendra.

LE VIEUX

Il viendra, il viendra.

LA VIEILLE

Il viendra, il viendra.

LE VIEUX

Viendra.

LA VIEILLE

Il vient.

LE VIEUX

Il vient.

LA VIEILLE

Il vient, il est là.

LE VIEUX

Il vient, il est là.

LA VIEILLE

Il vient, il est là.

LE VIEUX ET LA VIEILLE

Il est là...

LA VIEILLE

Le voilà !... *(Silence; interruption de tout mouvement. Pétrifiés, les deux vieux fixent du regard la porte n° 5; la scène immobile dure assez longtemps, une demi-minute environ; très lentement, très lentement, la porte s'ouvre toute grande, silencieusement; puis l'Orateur apparaît; c'est un personnage réel. C'est le type du peintre ou du poète du siècle dernier : feutre noir à larges bords, lavallière, vareuse, moustache et barbiche, l'air assez cabotin, suffisant; si les personnages invisibles doivent avoir le plus de réalité possible, l'Orateur, lui, devra paraître irréel; en longeant le mur de droite, il ira, comme glissant, doucement, jusqu'au fond, en face de la grande porte, sans tourner la tête à droite ou à gauche; il passera près de la Vieille sans sembler la remarquer, même lorsque la Vieille touchera son bras pour s'assurer qu'il existe; à ce moment, la Vieille dira :)* Le voilà !

LE VIEUX

Le voilà !

LA VIEILLE, *qui l'a suivi du regard et continuera de le suivre.*

C'est bien lui, il existe. En chair et en os.

LE VIEUX, *le suivant du regard.*

Il existe. Et c'est bien lui. Ce n'est pas un rêve !

LA VIEILLE

Ce n'est pas un rêve, je te l'avais bien dit.

Le Vieux croise les mains, lève les yeux au ciel; il exulte silencieusement. L'Orateur, arrivé au fond, enlève son chapeau, s'incline en silence, salue avec son chapeau comme un mousquetaire et un peu comme un automate, devant l'Empereur invisible. A ce moment :

LE VIEUX

Majesté... je vous présente l'Orateur...

LA VIEILLE

C'est lui!

> *Puis l'Orateur remet son chapeau sur la tête et monte sur l'estrade où il regarde, de haut, le public invisible du plateau, les chaises; il se fige dans une pose solennelle.*

LE VIEUX, *au public invisible.*

Vous pouvez lui demander des autographes. *(Automatiquement, silencieusement, l'Orateur signe et distribue d'innombrables autographes. Le Vieux pendant ce temps lève encore les yeux au ciel en joignant les mains et dit, exultant :)* Aucun homme, de son vivant, ne peut espérer plus...

LA VIEILLE *(écho).*

Aucun homme ne peut espérer plus.

LE VIEUX, *à la foule invisible.*

Et maintenant avec l'autorisation de votre Majesté, je m'adresse à vous tous, Mesdames, Mesdemoiselles, Messieurs, mes petits enfants, chers confrères, chers compatriotes, Monsieur le Président, mes chers compagnons d'armes...

LA VIEILLE *(écho).*

Et mes petits enfants... ants... ants...

LE VIEUX

Je m'adresse à vous tous, sans distinction d'âge, de sexe, d'état civil, de rang social, de commerce, pour vous remercier, de tout mon cœur.

LA VIEILLE *(écho).*

Vous remercier...

LE VIEUX

Ainsi que l'Orateur... chaleureusement, d'être venus en si grand nombre... du silence, Messieurs!...

LA VIEILLE *(écho)*.

... Silence, Messieurs...

LE VIEUX

J'adresse aussi mes remerciements à tous ceux qui ont rendu possible la réunion de ce soir, aux organisateurs...

LA VIEILLE

Bravo!

> *Pendant ce temps, sur l'estrade, l'Orateur est solennel, immobile, sauf la main qui, automatiquement, signe des autographes.*

LE VIEUX

Aux propriétaires de cet immeuble, à l'architecte, aux maçons qui ont bien voulu élever ces murs!...

LA VIEILLE *(écho)*.

...murs...

LE VIEUX

A tous ceux qui en ont creusé les fondations... Silence, Messieurs-dames...

LA VIEILLE *(écho)*.

...ssieurs-dames...

LE VIEUX

Je n'oublie pas et j'adresse mes plus vifs remerciements aux ébénistes qui fabriquèrent les chaises sur lesquelles vous pouvez vous asseoir, à l'artisan adroit...

LA VIEILLE *(écho)*.

...droit...

LE VIEUX

...qui fit le fauteuil dans lequel s'enfonce mollement votre Majesté, ce qui ne l'empêche pas cependant de conserver un esprit dur et ferme... Merci encore à tous les techniciens, machinistes, électrocutiens...

LA VIEILLE *(écho)*.

...cutiens, cutiens...

LE VIEUX

...aux fabricants de papier et aux imprimeurs, correcteurs, rédacteurs à qui nous devons les programmes, si joliment ornés, à la solidarité universelle de tous les hommes, merci, merci, à notre patrie, à l'État *(il se tourne du côté où doit se trouver l'Empereur)* dont votre Majesté dirige l'embarcation avec la science d'un vrai pilote... merci à l'ouvreuse...

LA VIEILLE *(écho)*.

...ouvreuse... heureuse...

LE VIEUX, *il montre du doigt la Vieille.*

Vendeuse de chocolats glacés et de programmes...

LA VIEILLE *(écho)*.

...grammes...

LE VIEUX

...mon épouse, ma compagne... Sémiramis!...

LA VIEILLE *(écho)*.

...pouse... pagne... miss... *(A part.)* Mon chou, il n'oublie jamais de me citer.

LE VIEUX

Merci à tous ceux qui m'ont apporté leur aide financière ou morale, précieuse et compétente, contribuant

ainsi à la réussite totale de la fête de ce soir... merci
encore, merci surtout à notre Souverain bien-aimé,
Sa Majesté l'Empereur...

LA VIEILLE *(écho).*

...jesté l'Empereur...

LE VIEUX, *dans un silence total.*

... Un peu de silence... Majesté...

LA VIEILLE *(écho).*

...ajesté... jesté...

LE VIEUX

Majesté, ma femme et moi-même n'avons plus rien
à demander à la vie. Notre existence peut s'achever
dans cette apothéose... merci au ciel qui nous a accordé
de si longues et si paisibles années... Ma vie a été bien
remplie. Ma mission est accomplie. Je n'aurai pas
vécu en vain, puisque mon message sera révélé au
monde... *(Geste vers l'Orateur qui ne s'en aperçoit pas :
ce dernier repousse du bras les demandes d'autographes, très
digne et ferme.)* Au monde, ou plutôt à ce qu'il en reste!
(Geste large vers la foule invisible.) A vous, Messieurs-
dames et chers camarades, qui êtes les restes de l'humanité, mais avec de tels restes on peut encore faire de
la bonne soupe... Orateur ami... *(L'Orateur regarde
autre part.)* Si j'ai été longtemps méconnu, mésestimé
par mes contemporains, c'est qu'il en devait être ainsi.
(La Vieille sanglote.) Qu'importe à présent tout cela,
puisque je te laisse, à toi, mon cher Orateur et ami
*(l'Orateur rejette une nouvelle demande d'autographe; puis
prend une pose indifférente, regarde de tous les côtés)* ...le
soin de faire rayonner sur la postérité, la lumière de
mon esprit... Fais donc connaître à l'Univers ma philosophie. Ne néglige pas non plus les détails, tantôt
cocasses, tantôt douloureux ou attendrissants de ma
vie privée, mes goûts, mon amusante gourmandise...

raconte tout... parle de ma compagne... *(la Vieille redouble de sanglots)* ...de la façon dont elle préparait ses merveilleux petits pâtés turcs, de ses rillettes de lapin à la normandillette... parle du Berry, mon pays natal... Je compte sur toi, grand maître et Orateur... quant à moi et ma fidèle compagne, après de longues années de labeur pour le progrès de l'humanité pendant lesquelles nous fûmes les soldats de la juste cause, il ne nous reste plus qu'à nous retirer à l'instant, afin de faire le sacrifice suprême que personne ne nous demande mais que nous accomplirons quand même...

LA VIEILLE, *sanglotant.*

Oui, oui, mourons en pleine gloire... mourons pour entrer dans la légende... Au moins, nous aurons notre rue...

LE VIEUX, *à la Vieille.*

O, toi, ma fidèle compagne!... toi qui as cru en moi, sans défaillance, pendant un siècle, qui ne m'as jamais quitté, jamais..., hélas, aujourd'hui, à ce moment suprême, la foule nous sépare sans pitié...

> J'aurais pourtant
> voulu tellement
> finir nos os
> sous une même peau
> dans un même tombeau
> de nos vieilles chairs
> nourrir les mêmes vers
> ensemble pourrir...

LA VIEILLE

...ensemble pourrir...

LE VIEUX

Hélas!... hélas!...

LA VIEILLE

Hélas!... hélas!...

LE VIEUX

... Nos cadavres tomberont loin de l'autre, nous pourrirons dans la solitude aquatique... Ne nous plaignons pas trop.

LA VIEILLE

Il faut faire ce qui doit être fait!...

LE VIEUX

Nous ne serons pas oubliés. L'Empereur éternel se souviendra de nous, toujours.

LA VIEILLE *(écho)*.

Toujours.

LE VIEUX

Nous laisserons des traces, car nous sommes des personnes et non pas des villes.

LE VIEUX ET LA VIEILLE, *ensemble.*

Nous aurons notre rue!

LE VIEUX

Soyons unis dans le temps et dans l'éternité si nous ne pouvons l'être dans l'espace, comme nous le fûmes dans l'adversité : mourons au même instant... *(A l'Orateur impassible, immobile.)* Une dernière fois... je te fais confiance... je compte sur toi... Tu diras tout... Lègue le message... *(A l'Empereur.)* Que votre Majesté m'excuse... Adieu, vous tous. Adieu, Sémiramis.

LA VIEILLE

Adieu, vous tous!... Adieu, mon chou!

LE VIEUX

Vive l'Empereur!

Il jette sur l'Empereur invisible des confetti et des serpentins; on entend des fanfares; lumière vive, comme le feu d'artifice.

LA VIEILLE

Vive l'Empereur!

Confetti et serpentins en direction de l'Empereur, puis sur l'Orateur immobile et impassible, sur les chaises vides.

LE VIEUX, *même jeu.*

Vive l'Empereur!

LA VIEILLE, *même jeu.*

Vive l'Empereur!

La Vieille et le Vieux, en même temps, se jettent chacun par sa fenêtre, en criant « Vive l'Empereur ». Brusquement le silence; plus de feu d'artifice, on entend un « Ah » des deux côtés du plateau, le bruit glauque des corps tombant à l'eau. La lumière venant des fenêtres et de la grande porte a disparu : il ne reste que la faible lumière du début; les fenêtres, noires, restent grandes ouvertes; leurs rideaux flottent au vent.

L'ORATEUR, *qui est resté immobile, impassible pendant la scène du double suicide, se décide au bout de plusieurs instants à parler; face aux rangées de chaises vides, il fait comprendre à la foule invisible qu'il est sourd et muet; il fait des signes de sourd-muet : efforts désespérés pour se faire comprendre; puis il fait entendre des râles, des gémissements, des sons gutturaux de muet.*

He, Mme, mm, mm.
Ju, gou, hou, hou.
Heu, heu, gu, gou, gueue.

Impuissant, il laisse tomber ses bras le long du corps; soudain, sa figure s'éclaire, il a une idée, il se tourne vers le tableau noir, il sort une craie de sa poche et écrit en grosses majuscules :

ANGEPAIN

puis :

NNAA NNM NWNWNW V

Il se tourne, de nouveau, vers le public invisible, le public du plateau, montre du doigt ce qu'il a tracé au tableau noir.

L'ORATEUR

Mmm, Mmm, Gueue, Gou, Gu, Mmm, Mmm, Mmm, Mmmm.

Puis, mécontent, il efface, avec des gestes brusques, les signes à la craie, les remplace par d'autres, parmi lesquels on distingue, toujours en grosses majuscules :

ΛADIEU ΛDIEU ΛPΛ

De nouveau, l'Orateur se tourne vers la salle; il sourit, interrogateur, ayant l'air d'espérer avoir été compris, avoir dit quelque chose; il montre, du doigt, aux chaises vides ce qu'il vient d'écrire; immobile quelques instants il attend, assez satisfait, un peu solennel, puis, devant l'absence d'une réaction espérée, petit à petit son sourire disparaît, sa figure s'assombrit; il attend encore un peu; tout d'un coup, il salue avec humeur, brusquerie, descend de l'estrade; s'en va vers la grande porte du fond, de sa démarche fantomatique; avant de sortir par cette porte, il salue cérémonieusement, encore, les rangées de chaises vides, l'invisible Empereur. La scène reste vide avec ses chaises, l'estrade, le parquet couverts de serpentins et de confetti. La porte du fond est grande ouverte sur le noir.

On entend pour la première fois les bruits humains *de la foule invisible : ce sont des éclats de rire, des murmures, des « chut », des toussotements ironiques; faibles au début, ces bruits vont grandissant; puis, de nouveau, progressivement, s'affaiblissent. Tout cela doit durer assez longtemps pour que le public — le vrai et visible — s'en aille avec cette fin bien gravée dans l'esprit. Le rideau tombe très lentement*[1].

Avril-juin 1951.

RIDEAU

---

1. A la représentation, le rideau tombait sur les mugissements de l'Orateur muet. Le tableau noir était supprimé. Il n'y a pas eu de musique de scène à la première création de cette pièce, en 1952. A la seconde création, celle de Mauclair, en 1956, puis à la reprise en 1961, Pierre Barbaud a composé des fragments musicaux pour nous : on les entendait notamment à l'arrivée de l'Empereur (fanfares), à l'arrivée accélérée des chaises et surtout à la fin, au moment des remerciements du Vieux : musique dérisoirement triomphale, de fête foraine, soulignant le jeu ironique, à la fois grotesque et dramatique, des deux acteurs.

L'impromptu de l'Alma

ou le caméléon du berger

L'impromptu de l'Alma *a été représenté pour la première fois au* Studio des Champs-Élysées, *le 20 février 1956, dans une mise en scène de Maurice Jacquemont. Décors de Paul Coupille. Musique de scène d'après des partitions du* XVIIe *siècle.*

PERSONNAGES

BARTHOLOMÉUS I	Claude Piéplu.
BARTHOLOMÉUS II	Alain Mottet.
BARTHOLOMÉUS III	Pierre Vassas.
MARIE	Tsilla Chelton.
IONESCO	Maurice Jacquemont.

*Parmi les livres et les manuscrits, Ionesco dort, la tête sur
la table. Il a, dans une main, un crayon à bille qu'il tient
le bout en l'air. On sonne. Ionesco ronfle. On sonne de nouveau, puis on frappe de grands coups à la porte. On appelle :
« Ionesco! Ionesco! » Finalement Ionesco sursaute, se
frotte les yeux.*

VOIX D'UN HOMME

Ionesco! Vous êtes là?

IONESCO

Oui... Une seconde!... Qu'est-ce qu'il y a encore?

*Arrangeant ses cheveux décoiffés, Ionesco se dirige
vers la porte, ouvre. Apparaît Bartholoméus I, en
robe de docteur.*

BARTHOLOMÉUS I

Bonjour, Ionesco.

IONESCO

Bonjour, Bartholoméus.

BARTHOLOMÉUS I

Heureux de vous trouver! Bon Dieu, j'allais partir.
Ça m'aurait ennuyé, et, comme vous n'avez pas le
téléphone... Que faisiez-vous donc?

IONESCO

Je travaillais, travaillais... j'écrivais!

BARTHOLOMÉUS I

La nouvelle pièce? Elle est prête? Je l'attends.

IONESCO, *s'assoit dans son fauteuil,*
montre un siège à Bartholoméus.

Asseyez-vous. *(Bartholoméus s'assoit.)* Ben, j'y travaille,
vous savez. Je suis plongé dedans. Je me sens très sur-
mené. Ça avance, mais ce n'est pas facile. Il faut que
cela soit parfait, sans longueurs inutiles, sans répétitions, n'est-ce pas... Alors, voyez-vous, je resserre, je
resserre...

BARTHOLOMÉUS I

Elle est donc déjà écrite?... C'est le premier jet, mon-
trez-moi cela...

IONESCO

Puisque je vous dis que je suis en train de resserrer
le dialogue...

BARTHOLOMÉUS I

Si je comprends, vous resserrez le dialogue avant
de l'avoir écrit! C'est une méthode comme une autre.

IONESCO

C'est la mienne.

BARTHOLOMÉUS I

Enfin, votre pièce est-elle écrite, ou non?

IONESCO, *cherchant sur la table parmi ses papiers.*

Oui... enfin, non... n'est-ce pas... pas tout à fait.
Elle est la, quoi! Je ne puis vous la lire dans l'état où
elle est... tant qu'elle n'est pas...

BARTHOLOMÉUS I

...faite!...

IONESCO

Non, non... parfaite, parfaite! Ce n'est pas la même chose.

BARTHOLOMÉUS I

C'est dommage. Nous allons rater l'occasion. J'ai une proposition très intéressante. Un théâtre veut absolument une pièce de vous. Ses directeurs veulent l'avoir tout de suite. Ils me demandent d'assumer le contrôle de la mise en scène, selon les principes les plus modernes, ceux d'un théâtre digne de l'ère ultra-scientifique et, à la fois, ultra-populaire, que nous vivons. Ils prennent tous les frais à leur charge, la publicité, etc., à condition qu'il n'y ait pas plus de quatre ou cinq comédiens, pas de décors qui coûte-raient trop cher...

IONESCO

Dites-leur de patienter quelques jours. Je vous pro-mets que j'aurai tout resserré d'ici là... bien que la saison, en effet, soit déjà très avancée...

BARTHOLOMÉUS I

Si votre pièce l'est aussi, ça peut encore s'arran-ger...

IONESCO

Quel théâtre est-ce?

BARTHOLOMÉUS I

Un théâtre nouveau, un directeur scientifique, une troupe de jeunes acteurs scientifiques, ils veulent inau-gurer avec vous. Vous serez traité scientifiquement. La salle n'est pas trop grande, il y a vingt-cinq places assises, quatre debout... C'est pour un public populaire d'élite.

IONESCO

Ce n'est pas mal. Si on pouvait la remplir tous les soirs!

BARTHOLOMÉUS I

Au moins avoir des demi-salles, je m'en contenterais... Bref, ils veulent commencer tout de suite.

IONESCO

Je suis d'accord. Ah, si la pièce était tout à fait au point...

BARTHOLOMÉUS I

Vous dites qu'elle est en grande partie écrite!

IONESCO

Oui... oui... en effet, elle est en grande partie écrite!

BARTHOLOMÉUS I

Quel est le sujet de la pièce? Le titre?

IONESCO, *un peu cabotin et embarrassé.*

Euh... le sujet?... Vous me demandez le sujet?... Le titre?... Euh... vous savez, je ne sais jamais raconter mes pièces... Tout est dans les répliques, dans le jeu, dans les images scéniques, c'est très visuel, comme toujours... C'est une image, une première réplique, qui déclenche toujours, chez moi, le mécanisme de la création, ensuite, je me laisse porter par mes propres personnages, je ne sais jamais où je vais exactement... Toute pièce est, pour moi, une aventure, une chasse, une découverte d'un univers qui se révèle à moi-même, de la présence duquel je suis le premier à être étonné...

BARTHOLOMÉUS I

Nous connaissons tout cela! Observations empiriques. Vous nous avez déjà renseignés maintes fois, dans vos avant-premières, vos articles, vos interviews, sur votre mécanisme créateur, comme vous l'appelez, bien que je n'aime pas le mot : créateur. J'aime, par contre, le mot : mécanisme.

IONESCO, *naïf.*

C'est vrai, j'en ai déjà parlé de mon mécanisme, pardon, créateur. Vous avez de la mémoire!

BARTHOLOMÉUS I

Dites-m'en davantage sur votre pièce. Quelle est donc, cette fois, l'image initiale qui a mis en mouvement le processus constructeur de votre nouvelle pièce...

IONESCO

Eh! bien... eh! bien... C'est assez compliqué, vous savez... C'est une colle que vous me posez... Eh! bien, voilà : ma nouvelle pièce aura pour titre : *Le Caméléon du berger.*

BARTHOLOMÉUS I

Pourquoi *Le Caméléon du berger?*

IONESCO

C'est la scène de base de ma pièce, son moteur. J'ai aperçu, une fois, dans une grande ville de province, au milieu de la rue, en été, un jeune berger, vers les trois heures de l'après-midi, qui embrassait un caméléon... Ceci m'avait beaucoup touché... J'ai décidé d'en faire une farce tragique.

BARTHOLOMÉUS I

Cela est scientifiquement valable.

IONESCO

Ce ne sera que le point de départ. Je ne sais pas

encore si on verra, vraiment, sur le plateau, le berger
en train d'embrasser le caméléon ou seulement si je
me contenterai d'évoquer la scène... si elle ne consti-
tuera qu'un arrière-fond invisible... du théâtre au
second degré... En réalité, je pense, cela ne devra servir
que de prétexte...

BARTHOLOMÉUS I

Dommage. La scène me paraissait pourtant illustrer
la réconciliation du moi et de l'autre.

IONESCO

Voyez-vous, je vais cette fois me mettre en scène
moi-même!

BARTHOLOMÉUS I

Vous ne faites que cela.

IONESCO

Alors, ce ne sera pas la dernière fois.

BARTHOLOMÉUS I

Bref, serez-vous le berger ou le caméléon?

IONESCO

Ah, non, certainement pas le caméléon. Je ne change
pas tous les jours de couleur, moi... Je ne suis pas à
la remorque de la toute dernière mode, comme... mais
je préfère ne nommer personne...

BARTHOLOMÉUS I

Alors, vous serez sans doute le berger?

IONESCO

Le berger non plus! Je vous disais que ceci n'était
qu'un prétexte, un point de départ... En réalité, je me
mets moi-même en scène pour entamer une discussion
sur le théâtre, pour y exposer mes idées...

BARTHOLOMÉUS I

N'étant pas docteur, vous n'avez pas le droit d'avoir des idées... C'est à moi d'en avoir.

IONESCO

Disons : mes expériences...

BARTHOLOMÉUS I

Elles n'ont pas de valeur, n'étant pas scientifiques !

IONESCO

... Alors, mes... mes croyances...

BARTHOLOMÉUS I

Admettons. Mais elles ne sont que provisoires, nous vous les rectifierons. Continuez votre exposé précaire...

IONESCO, *au bout d'une seconde.*

Merci. Si vous voulez, je suis tout de même le berger, le théâtre étant le caméléon, puisque j'ai embrassé la carrière théâtrale, et le théâtre change, bien sûr, car le théâtre c'est la vie. Il est changeant comme la vie... Le caméléon aussi c'est la vie !

BARTHOLOMÉUS I

Je note cette formule qui est presque une pensée.

IONESCO

Je parlerai donc du théâtre, de la critique dramatique, du public...

BARTHOLOMÉUS I

Vous n'êtes pas assez sociologue pour cela !

IONESCO

...du nouveau théâtre dont le caractère essentiel réside dans la nouveauté... J'exposerai mes propres points de vue.

BARTHOLOMÉUS I, *grand geste*.

Des points de vue sans instrument d'optique!

IONESCO

... Ce sera un impromptu.

BARTHOLOMÉUS I

Lisez-moi tout de même ce que vous avez déjà écrit.

IONESCO, *faussement timide*.

Ce n'est pas tout à fait au point, je vous l'ai dit...
Le dialogue n'est pas resserré... Je vais vous en lire un
bout quand même...

BARTHOLOMÉUS I

Je vous écoute. Je suis ici pour vous juger. Et rec-
tifier.

IONESCO, *se grattant la tête*.

Ça me gêne un peu, vous savez, de lire mes écrits.
Mon propre texte m'écœure...

BARTHOLOMÉUS I

L'autocritique honore l'écrivain. L'autocritique
déshonore le critique.

IONESCO

Bon. Je vais vous lire cela quand même, pour que
vous ne soyez pas venu pour rien. *(Bartholoméus I s'ins-
talle confortablement.)* Voici le début de la pièce : scène I.
« Parmi les livres et les manuscrits, Ionesco dort, la
tête sur la table. Il a, dans la main, un crayon à bille
qu'il tient le bout en l'air. On sonne. Ionesco ronfle.
On frappe de grands coups dans la porte et on entend
appeler : " Ionesco! Ionesco! " Ionesco, enfin, sursaute, se frotte les yeux. Voix derrière la porte.
" Ionesco! Vous êtes là? " Ionesco : " Oui!... Une

seconde!... Qu'est-ce qu'il y a encore?... " Ionesco, arrangeant ses cheveux décoiffés *(ce disant, Ionesco fait le geste)*, se dirige vers la porte, ouvre, apparaît Bartholoméus. Bartholoméus : "Bonjour, Ionesco!... " Ionesco : " Bonjour, Bartholoméus. " Bartholoméus : " Heureux de vous trouver! Bon Dieu, j'allais partir. Ça m'aurait ennuyé, comme vous n'avez pas le téléphone. Que faisiez-vous donc? " Ionesco : " Je travaillais, je travaillais, j'écrivais!... " Bartholoméus : " La nouvelle pièce? Elle est prête? Je l'attends!... " Ionesco, s'asseyant dans son fauteuil, montre un siège à Bartholoméus : " Asseyez-vous! " »

> *En lisant son texte, Ionesco se rassoit dans son fauteuil, comme précédemment. A ce moment, on entend, pour de bon, sonner, puis des coups dans là porte.*

VOIX D'UN AUTRE HOMME

Ionesco! Vous êtes là?

> *Bartholoméus I qui, pendant la lecture, hochait la tête pour marquer son approbation, dirige son regard vers la porte d'où vient la voix.*

IONESCO

Oui, une seconde. Qu'est-ce qu'il y a encore?

> *Arrangeant ses cheveux décoiffés, Ionesco se dirige vers la porte, ouvre, apparaît Bartholoméus II.*

BARTHOLOMÉUS II

Bonjour, Ionesco.

IONESCO

Bonjour, Bartholoméus.

BARTHOLOMÉUS II, *à Bartholoméus I.*

Tiens, Bartholoméus. Comment allez-vous?

BARTHOLOMÉUS I, *à Bartholoméus II.*

Tiens, Bartholoméus, comment allez-vous?

BARTHOLOMÉUS II, *à Ionesco.*

Heureux de vous trouver! Ça m'aurait ennuyé de partir... et, comme vous n'avez pas le téléphone... Que faisiez-vous donc?

IONESCO

Je travaillais, je travaillais, j'écrivais... Asseyez-vous!

Il désigne un siège à Bartholoméus II, s'assoit lui aussi. On entend frapper à la porte, et une troisième voix d'homme qui appelle :

TROISIÈME VOIX D'HOMME.

Ionesco! Ionesco! Vous êtes là?

IONESCO

Oui, une seconde! Qu'est-ce qu'il y a encore?

Ionesco se lève, arrange ses cheveux, se dirige vers la porte, ouvre : apparaît Bartholoméus III, en robe, comme les deux autres.

BARTHOLOMÉUS III

Bonjour, Ionesco.

IONESCO

Bonjour, Bartholoméus.

BARTHOLOMÉUS III, *à Bartholoméus II.*

Tiens, Bartholoméus, comment allez-vous?

BARTHOLOMÉUS II, *à Bartholoméus III.*

Tiens, Bartholoméus, comment allez-vous?

BARTHOLOMÉUS I, *à Bartholoméus III.*

Tiens, Bartholoméus, comment allez-vous?

BARTHOLOMÉUS III, *à Bartholoméus I.*

Tiens, Bartholoméus, comment allez-vous? *(A*

Ionesco.) Heureux de vous trouver. Bon Dieu, j'allais partir... ça m'aurait ennuyé, et comme vous n'avez pas le téléphone!... Que faisiez-vous donc?

Le rythme du débit des acteurs doit s'accélérer.

IONESCO

Je travaillais... je travaillais... j'écrivais!

BARTHOLOMÉUS III

La nouvelle piéce? Elle est prête? Je l'attends!

IONESCO, *s'asseyant
et indiquant un siège à Bartholoméus III.*

Asseyez-vous. *(Bartholoméus III s'assoit, en rang, à côté des deux autres.)* Ben, j'y travaille vous savez. Je suis plongé dedans. Ça avance, mais ce n'est pas facile. Il faut que ce soit parfait, sans longueurs inutiles, sans répétitions, puisqu'on m'accuse toujours de tourner en rond, dans mes pièces... alors, je resserre, je resserre.

BARTHOLOMÉUS III

Lisez-nous au moins le début.

BARTHOLOMÉUS II *(écho).*

Au moins le début...

BARTHOLOMÉUS I *(écho).*

...moins le début...

IONESCO, *lisant.*

« Parmi des livres et des manuscrits, Ionesco dort, la tête sur la table. On sonne, Ionesco ronfle. On sonne de nouveau. Ionesco continue de ronfler. On entend des coups frappés à la porte... » *(On entend, soudain, de vrais coups à la porte.)* Oui, une seconde!... Qu'est-ce qu'il y a encore?

Arrangeant ses cheveux dépeignés, Ionesco veut se diriger vers la porte.

BARTHOLOMÉUS III

Ça m'a l'air intéressant... mais voyons la suite...

BARTHOLOMÉUS II, *à Ionesco :*

C'est très inattendu.

Nouveaux coups à la porte.

BARTHOLOMÉUS I, *aux deux autres.*

Parce que vous n'êtes pas là depuis le commencement. Moi je la connais mieux, cette pièce. *(A Ionesco.)* C'est un cercle vicieux.

IONESCO

Le cercle vicieux peut aussi avoir ses vertus!

BARTHOLOMÉUS I

A condition de s'en tirer à temps.

IONESCO

Ah, oui, ça, oui... à condition de s'en tirer.

BARTHOLOMÉUS II

Et l'on ne peut s'en tirer que d'une seule façon : la bonne. *(A Bartholoméus I.)* N'est-ce pas, Maître Bartholoméus? *(Puis à Bartholoméus III.)* N'est-ce pas, Maître Bartholoméus?

BARTHOLOMÉUS III

Peut-être.

BARTHOLOMÉUS II, *à Ionesco.*

On ne s'en tire, du cercle vicieux, qu'en s'y enfermant. Ainsi, n'allez pas ouvrir la porte, le cercle vicieux se refermerait davantage... sur vous.

BARTHOLOMÉUS I

Nous l'avons bien vu.

BARTHOLOMÉUS II

Oui, nous l'avons bien vu.

IONESCO

Je ne vous comprends pas.

BARTHOLOMÉUS III

Je ne comprends pas, voici une expression que je comprends... ou du moins, que j'emploie.

BARTHOLOMÉUS II, *à Ionesco.*

Comme cela se voit que vous n'êtes pas docteur!

Geste de commisération des Bartholoméus..

BARTHOLOMÉUS I, *à Ionesco.*

Nous allons vous expliquer. Voilà.

BARTHOLOMÉUS II

Voici.

BARTHOLOMÉUS III

Voyons.

BARTHOLOMÉUS I

Substituez à l'expression « s'en tirer », celle de « s'en distancier » qui signifie « prendre ses distances », et vous comprendrez. Précisons : on ne se distancie, par exemple, du cercle vicieux, qu'en n'en sortant pas; on en sort, au contraire, en restant dedans. Il s'agit d'un intérieur expérimentalisé de l'extérieur, ou d'un extérieur expérimentalisé de l'intérieur. Car, plus on est distant...

BARTHOLOMÉUS II

...plus on est proche...

BARTHOLOMÉUS I

...et plus on est proche...

BARTHOLOMÉUS II

...plus on est distant... C'est l'électrochoc de la distanciation, ou effet Y.

BARTHOLOMÉUS III, *à part.*

C'est de la philosophicaillerie! Des philosophicailleurs!

BARTHOLOMÉUS II, *à Bartholoméus I.*

Nous nous comprenons, Maître Bartholoméus. *(A Bartholoméus III.)* Nous nous comprenons, Maître Bartholoméus, bien qu'il y ait encore quelques divergences entre nous...

Révérences entre les trois Bartholoméus.

BARTHOLOMÉUS I, *à Ionesco.*

C'est-à-dire, on est dedans quand on est dehors, dehors quand on est dedans ou : populairement, c'est-à-dire...

BARTHOLOMÉUS II

Scientifiquement...

BARTHOLOMÉUS III

Tout bonnement.

BARTHOLOMÉUS I

...et dialectiquement, c'est : l'être-dans-le-coup-hors-du-coup. *(Aux deux autres Bartholoméus.)* C'est aussi l'être du non étant et le non étant de l'être dans le coup... *(A Ionesco.)* Avez-vous pensé à la question?

IONESCO

Euh... un peu... vaguement... à vrai dire, je n'ai guère approfondi...

BARTHOLOMÉUS II, *à Bartholoméus I.*

Les auteurs ne sont pas là pour penser. Ils sont là pour écrire ce qu'on leur demande.

IONESCO

Excusez-moi, je... je trouve que vous vous exprimez d'une manière contradictoire. Je suis pour la contradiction, tout n'est que contradiction, pourtant un exposé systématique ne doit pas... N'est-ce pas... dans les mots, confondre les contraires...

BARTHOLOMÉUS I

Vous ne savez donc pas...

BARTHOLOMÉUS II, *à Bartholoméus III.*

Il n'a pas l'air de le savoir...

BARTHOLOMÉUS III, *à Bartholoméus II.*

Pas l'air du tout!

BARTHOLOMÉUS I, *à Bartholoméus II et à Bartholoméus III.*

Silence! *(A Ionesco.)* Vous ne savez donc pas que les contraires sont identiques? Un exemple. Lorsque je dis : une chose est vraiment vraie, cela veut dire qu'elle est faussement fausse...

BARTHOLOMÉUS II

Ou inversement : si une chose est faussement fausse, elle est aussi vraiment vraie...

IONESCO

Je ne l'aurais jamais cru. Oh, que vous êtes savants!

BARTHOLOMÉUS I

Mais, par contre, on peut dire que plus une chose est vraiment fausse, plus elle est faussement vraie;

moins elle est vraiment fausse, moins elle est faussement vraie. Pour résumer : le faux vrai, c'est le vrai faux, ou le vrai vrai, c'est le faux faux. Ainsi, les contraires se rejoignent, *quod erat demonstrandum.*

IONESCO

Dans ce cas, je m'excuse, je crois comprendre que le faux n'est pas le vrai, le vrai n'est pas le faux, et que les contraires s'excluent.

BARTHOLOMÉUS II

Quel insolent! Il pense... *(A Bartholoméus I et à Bartholoméus III.)* ... Il pense comme un cochon!...

IONESCO, *interloqué, après un court instant.*

Ah, si, si... je vois...

BARTHOLOMÉUS II

Que voyez-vous?

IONESCO

Je vois... je commence à voir... euh... ce que vous dites... J'entrevois quelques ombres...

BARTHOLOMÉUS III

Il commence à avoir des lueurs...

BARTHOLOMÉUS II

Son esprit se dégèlerait-il?

IONESCO

Attendez, je m'embrouille... le vrai c'est le vrai, le faux c'est le faux...

BARTHOLOMÉUS I

Horreur! Des tautologies! Des tautologies, tout cela! et toute tautologie est l'expression d'une erreur de pensée!

BARTHOLOMÉUS II

Évidemment, identifier une chose à elle-même est inconcevable.

BARTHOLOMÉUS III, *à Bartholoméus I.*

Ne vous énervez pas. S'il ne comprend pas, ce n'est pas sa faute. C'est un intellectuel. Un homme de théâtre doit être bête!

BARTHOLOMÉUS II

Il n'a pas une intelligence populaire, c'est-à-dire scientifique.

BARTHOLOMÉUS I, *à Bartholoméus II*
et à Bartholoméus III.

Il a une mentalité préhistorique, c'est un pithécan-thrope... *(Chuchotant.)* Je le soupçonne même d'être un peu platonicien.

BARTHOLOMÉUS III

Oh... quelle horreur! Platonicien... quel animal est-ce?

BARTHOLOMÉUS II, *à l'oreille de Bartholoméus I.*

Je ne pense pas. Je lui fais encore un peu confiance, malgré tout...

BARTHOLOMÉUS I

Je ne lui en fais guère, quant à moi... Ces poètes, ces auteurs, qui pondent des œuvres comme on pond des œufs... Il faut s'en méfier, il faut s'en méfier...

BARTHOLOMÉUS III, *à part.*

Platonicien?... Ah, oui, c'est une volaille!

BARTHOLOMÉUS II

Pourtant, il faut les utiliser!

Les trois Bartholoméus se parlent à l'oreille.

IONESCO

Je voudrais savoir de quoi l'on m'accuse!

BARTHOLOMÉUS III, *sévère*.

De pondre des œufs!

IONESCO

Je tâcherai de ne plus en pondre...

BARTHOLOMÉUS III

Vous feriez bien!

BARTHOLOMÉUS I, *après conciliabule
avec Bartholoméus II, à Ionesco.*

Écoutez-nous, Ionesco. Bartholoméus *(il le montre),*
Bartholoméus *(il montre Bartholoméus II)* et moi, nous
vous voulons le plus grand bien... nous voulons faire
quelque chose pour vous.

IONESCO

Je vous remercie...

BARTHOLOMÉUS II

Nous voulons vous instruire.

IONESCO

J'ai pourtant été à l'école.

BARTHOLOMÉUS II, *à Bartholoméus I.*

Cela nous confirme, on s'en doutait.

BARTHOLOMÉUS I, *à Ionesco.*

Vous n'avez pu vous y nourrir que de fausses
sciences...

IONESCO

J'étais très mauvais en sciences.

BARTHOLOMÉUS III

Au contraire, ceci est tout de même un bon point. *(Aux deux autres Bartholoméus.)* Il a l'esprit vierge de ce côté...

BARTHOLOMÉUS II, *à Bartholoméus III.*

A condition d'avoir appris autre chose, autre chose.

IONESCO

On m'a fait lire les œuvres d'Eschyle, de Sophocle, d'Euripide...

BARTHOLOMÉUS I

Périmé, périmé! C'est mort, tout cela... ça ne vaut plus rien...

IONESCO

Et puis... et puis... Shakespeare!

BARTHOLOMÉUS III

Ce n'est pas un auteur français. Les autres peut-être, mais celui-là c'est un Russe.

BARTHOLOMÉUS II, *à Bartholoméus I.*

Nous ne lui reprochons pas d'être étranger.

BARTHOLOMÉUS III

Mais moi, je le lui reproche. *(A part.)* Je crois plutôt que c'est un Polonais.

BARTHOLOMÉUS II, *à Bartholoméus III.*

C'est votre droit, mon cher maître Bartholoméus, de reprocher, car vous êtes critique... *(Visiblement mal à l'aise, Ionesco s'éponge le front.)* Vous devez tout reprocher, c'est votre mission.

BARTHOLOMÉUS III, *à Bartholoméus II.*

C'est aussi la vôtre, mon cher Bartholoméus. *(A Bartholoméus I.)* Et la vôtre, mon cher Bartholoméus.

BARTHOLOMÉUS I, *à Bartholoméus II
et à Bartholoméus III.*

Et la vôtre... et la vôtre...

BARTHOLOMÉUS II, *à Bartholoméus III
et à Bartholoméus I.*

Et la vôtre... et la vôtre...

Révérences.

IONESCO

J'ai aussi un peu étudié Molière.

BARTHOLOMÉUS II

Erreur, erreur, erreur!

BARTHOLOMÉUS III, *à Bartholoméus II.*

Molière? Vous connaissez?

BARTHOLOMÉUS II, *à Bartholoméus I.*

C'est un auteur qui a écrit sur *Les Femmes savantes,
Les Précieuses ridicules...*

BARTHOLOMÉUS I, *à Bartholoméus II.*

S'il a loué *Les Précieuses* et *Les Femmes savantes,* il est
de l'ère scientifique! Il est des nôtres!

BARTHOLOMÉUS II, *à Bartholoméus I.*

Détrompez-vous, mon cher Bartholoméus, il s'en
est moqué au contraire.

BARTHOLOMÉUS I, *horrifié, à Ionesco.*

Quelle honte! Malheureux! Voilà donc vos auteurs?
C'est ce qui explique votre mentalité de petit bour-
geois.

BARTHOLOMÉUS III

Il n'est pas encore consacré par le boulevard. Cela
le compromet. *(Il pointe son index sur Ionesco.)* Et vous
aussi.

IONESCO

En effet... en effet... je suis navré.

BARTHOLOMÉUS II, *pointant également son index
sur Ionesco.*

C'est un mauvais auteur.

BARTHOLOMÉUS I, *même jeu.*

Réactionnaire!

BARTHOLOMÉUS III, *même jeu.*

Ah oui, je me souviens, il s'est inspiré des étrangers,
des Italiens.

BARTHOLOMÉUS II, *même jeu.*

Un auteur dangereux!

IONESCO, *très timidement.*

Je croyais que Molière était universellement, éternellement valable, puisqu'il plaît encore.

BARTHOLOMÉUS II

Vous blasphémez!

BARTHOLOMÉUS I

Il n'y a que l'éphémérité qui dure.

IONESCO, *reculant sous les index toujours pointés
des docteurs, vers la droite.*

... Comme le provisoire... bien sûr, oui, oui...

BARTHOLOMÉUS II

Si ces œuvres vous paraissent encore valables, c'est
une erreur de vos sens abusés.

BARTHOLOMÉUS I

Cela signifie tout simplement que Molière n'expri-
mait pas le *gestus* social de son époque.

BARTHOLOMÉUS III, *à Ionesco*.

Vous entendez ce que ces messieurs vous disent?

IONESCO, *suprême effort*.

C'est vrai. J'aime mieux Shakespeare.

BARTHOLOMÉUS III, *à part*.

Ce n'est pas un Polonais. Voyons le *Petit Larousse*.
                    Il cherche dans le « Petit Larousse ».

BARTHOLOMÉUS I, *à Ionesco*.

Que lui trouvez-vous à cet auteur de si formidable?

IONESCO, *à Bartholoméus I*.

Je trouve que Shakespeare est très, est très...

BARTHOLOMÉUS III, *fermant son dictionnaire*.

Si, le *Larousse* dit que c'est un Polonais.

BARTHOLOMÉUS II, *à Ionesco*.

Que lui trouvez-vous?

IONESCO

Je trouve que Shakespeare est... poétique!

BARTHOLOMÉUS I, *perplexe*.

Poétique?

BARTHOLOMÉUS II

Poétique, poétique?

IONESCO, *timidement*.

Poétique.

BARTHOLOMÉUS III

Poétique, poétique, poétique?

IONESCO

Oui, cela veut dire que cela a de la poésie...

BARTHOLOMÉUS III

Du charabia! encore du charabia.

BARTHOLOMÉUS I

Mais qu'est-ce que c'est donc que cette poésie?

BARTHOLOMÉUS III, *à Bartholoméus I*
et à Bartholoméus II.

Ah, là, là... la poésie...

Moue de mépris.

BARTHOLOMÉUS II, *à Bartholoméus III.*

Silence! Pas de poésie. La poésie est contre notre science!

BARTHOLOMÉUS I, *à Ionesco.*

Vous êtes imbu de fausses connaissances.

BARTHOLOMÉUS III

Il n'aime que des choses extravagantes.

BARTHOLOMÉUS I, *à Bartholoméus II*
et à Bartholoméus III, montrant Ionesco.

Son esprit n'a pas été convenablement dirigé...

BARTHOLOMÉUS II

Il a été déformé.

BARTHOLOMÉUS III

Il faut le redresser.

BARTHOLOMÉUS II

Si on peut. *(A Bartholoméus III.)* Mais pas dans le sens où vous l'entendez, car, cher Bartholoméus, sur beaucoup de points nous ne sommes pas d'accord, ce que vous n'ignorez pas.

BARTHOLOMÉUS I

Redressons-le d'abord... dans quel sens, nous en discuterons une fois qu'il aura été redressé.

Court conciliabule qu'on n'entend pas entre les trois Bartholoméus.

BARTHOLOMÉUS III

C'est juste. Il faut procéder au plus urgent.

BARTHOLOMÉUS II, *à Ionesco.*

Est-ce que vous pouvez nous entendre?

IONESCO, *sursautant.*

Oui, oui... oui... bien sûr... Je ne suis pas sourd.

BARTHOLOMÉUS I, *à Ionesco.*

Nous allons vous poser quelques questions...

IONESCO

Quelques questions?

BARTHOLOMÉUS II, *à Ionesco.*

Pour savoir ce que vous savez...

IONESCO

Ce que je sais...

BARTHOLOMÉUS III, *à Ionesco.*

Redresser vos connaissances déformées.

IONESCO

Oui, déformées...

BARTHOLOMÉUS I, *à Ionesco.*

Éclaircir ce qui est confus dans votre esprit...

IONESCO

Ce qui est confus dans mon esprit...

BARTHOLOMÉUS I, *à Ionesco.*

D'abord, savez-vous ce que c'est que le théâtre?

IONESCO

Euh, c'est du théâtre.

BARTHOLOMÉUS II, *à Ionesco.*

Erreur profonde.

BARTHOLOMÉUS I, *à Ionesco.*

Erreur... le théâtre c'est la manifestation de la théâtralité.

BARTHOLOMÉUS III, *à Bartholoméus I
et à Bartholoméus II.*

Mais sait-il ce qu'est la théâtralité?

BARTHOLOMÉUS I, *à Bartholoméus II
et à Bartholoméus III.*

Nous l'entendrons bien. *(A Ionesco.)* Définissez la théâtralité.

IONESCO

La théâtralité... la théâtralité... C'est ce qui est théâtral...

BARTHOLOMÉUS I

Je m'en doutais...

BARTHOLOMÉUS II

Moi aussi.

BARTHOLOMÉUS III

Moi aussi.

BARTHOLOMÉUS I

Je me doutais bien que sa pensée était viciée. *(A Ionesco.)* Insensé, la théâtralité c'est ce qui est anti-théâtral.

BARTHOLOMÉUS III, à Bartholoméus I.

Je ne suis pas tout à fait d'accord avec vous. Je pense, cher Bartholoméus, que la théâtralité est peut-être... ce n'est pas parce qu'il l'a dit *(il montre Ionesco, affaissé, du doigt),* lui il ne sait pas ce qu'il dit, il est tombé juste par malentendu... le théâtral est théâtral...

BARTHOLOMÉUS I

Un exemple.

IONESCO

Oui, un exemple!

BARTHOLOMÉUS II, à Ionesco.

De quoi vous mêlez-vous?

BARTHOLOMÉUS III

Je n'ai pas d'exemple à portée de la main, mais j'ai raison... C'est ce qui compte, j'ai toujours raison!

BARTHOLOMÉUS II, *conciliant,* à Bartholoméus I.

Peut-être un certain théâtral est-il théâtral, tandis que l'autre ne l'est pas... il s'agit de savoir lequel...

BARTHOLOMÉUS I

Mais non... mais non... *(A Ionesco.)* Vous n'avez pas la parole!

IONESCO

Je ne dis rien.

BARTHOLOMÉUS II, à Ionesco.

Vous voyez bien que si...

BARTHOLOMÉUS I, à Ionesco.

Mais non... *(A Bartholoméus II.)* Vous vous trompez, cher Bartholoméus. Phénoméniquement, toute théâtralité est non théâtrale.

BARTHOLOMÉUS II

Pardon, pardon, le théâtre est théâtral...

IONESCO, *timidement, levant un doigt.*

Est-ce que... je...

BARTHOLOMÉUS I, *à Ionesco.*

Silence. *(A Bartholoméus III.)* Vous pensez tautologi-quement! Le théâtral est dans l'antithéâtral et vice versa... vice versa... vice versa...

BARTHOLOMÉUS II

Vice-verso... Vice-verso... Vice-verso!

BARTHOLOMÉUS III

Vice-verso? Ah non, pas vice-verso, mais bien versa-vircé.

BARTHOLOMÉUS I

Je dis vircé-versa.

BARTHOLOMÉUS III

Je maintiens versa-vircé!

BARTHOLOMÉUS I

Vircé-verso!

BARTHOLOMÉUS III

Vous ne me ferez pas peur : versa-virsé.

BARTHOLOMÉUS II, *aux autres Bartholoméus.*

Ne vous disputez pas devant lui... Cela affaiblit notre doctorale autorité... *(Montrant Ionesco.)* Il faut d'abord, n'oublions pas, n'oublions pas, le redresser, puis le dresser.

IONESCO, *qui a repris un peu de courage.*

Messieurs, peut-être, le théâtre est-il, simplement,

le drame, une action, une action dans un temps et un lieu donnés...

BARTHOLOMÉUS II, *à Bartholoméus III et à Bartholoméus I.*

Vous voyez comme il a déjà profité de nos dissensions!

BARTHOLOMÉUS I, *à Ionesco.*

Qu'en savez-vous?

IONESCO

Je le crois... d'autre part, Aristote l'a dit.

BARTHOLOMÉUS III

Un Levantin!

BARTHOLOMÉUS I

Aristote, Aristote! Que vient faire là Aristote?

BARTHOLOMÉUS II

D'abord, ce n'est pas lui qui l'a dit le premier.

BARTHOLOMÉUS I, *à Ionesco.*

Savez-vous qui a dit cela bien avant Aristote? Bien avant!

BARTHOLOMÉUS II

Ah oui... bien avant, bien avant Aristote!

IONESCO

Je ne sais...

BARTHOLOMÉUS I

Adamov, Monsieur.

IONESCO

Ah oui?... Il l'a dit avant... avant Arıstote?

BARTHOLOMÉUS II

Certainement!

BARTHOLOMÉUS III

Oui, cela est vrai, il l'a dit avant.

BARTHOLOMÉUS II

Aristote n'a fait que dire la même chose, avec d'autres mots.

BARTHOLOMÉUS I

Seulement, depuis, Adamov est bien revenu de son erreur!

BARTHOLOMÉUS II

Donc, Aristote aussi.

BARTHOLOMÉUS I

Le théâtre, Monsieur, est une leçon sur un événement instructif, un événement plein d'enseignement... Il faut élever le niveau du public...

BARTHOLOMÉUS III

Il faut le baisser.

BARTHOLOMÉUS I

Non, le maintenir!

BARTHOLOMÉUS II

On doit venir au théâtre pour apprendre!

BARTHOLOMÉUS I

Non pas pour rire!

BARTHOLOMÉUS III

Ni pour pleurer!

BARTHOLOMÉUS I

Ni pour oublier!

BARTHOLOMÉUS II

Ni pour s'oublier!

BARTHOLOMÉUS I

Ni pour s'exalter!

BARTHOLOMÉUS II

Ni pour s'engluer!

BARTHOLOMÉUS I

Ni pour s'identifier!

BARTHOLOMÉUS III

Un auteur doit être instituteur...

BARTHOLOMÉUS II

Nous, critiques et docteurs, nous formons les instituteurs.

BARTHOLOMÉUS III

L'instituteur doit former les auteurs!

BARTHOLOMÉUS I

Le public ne doit pas s'amuser au théâtre!

BARTHOLOMÉUS II

Ceux qui s'amusent seront punis!

BARTHOLOMÉUS III

Il y a tout de même une façon saine de se distraire.

BARTHOLOMÉUS I

On se distrait en apprenant.

BARTHOLOMÉUS III

Le théâtre c'est pourtant quand on rigole.

BARTHOLOMÉUS II

S'ennuyer, c'est se divertir.

BARTHOLOMÉUS III

C'est quand c'est pas tarabiscoté.

BARTHOLOMÉUS I

Notre façon de nous divertir est devenue tout à fait anachronique! Nous n'avons pas encore découvert les récréations spécifiques de notre temps.

BARTHOLOMÉUS III

Je ne suis pas de mon temps... Tant pis, soyons niais....

BARTHOLOMÉUS I

En effet... on est surpris par le peu de moyens avec lesquels le public fait connaître ses sentiments...

BARTHOLOMÉUS II

Ses réactions sont très peu variées.

BARTHOLOMÉUS I

J'en ai fait l'inventaire. Et j'ai remarqué que le public ne se manifeste que par des applaudissements.

IONESCO

Moi aussi je l'ai remarqué.

BARTHOLOMÉUS III

Le théâtre c'est quand on crie Bravo!

BARTHOLOMÉUS II

Ou des exclamations...

BARTHOLOMÉUS I

Des sifflets..

IONESCO

Pas à mes pièces, jusqu'à présent!

BARTHOLOMÉUS II

Des piétinements...

BARTHOLOMÉUS I

Rarement.

IONESCO, *à part.*

Que leur faut-il encore! Des hoquets, des rots, des claquements de langue, des cris de Sioux, des lâchements de gaz?

BARTHOLOMÉUS I

Les réactions du public sont vraiment bien rudimentaires.

BARTHOLOMÉUS II

Et monotones, stéréotypées...

BARTHOLOMÉUS III

Le public est trop intelligent!

BARTHOLOMÉUS II

Le public est trop bête!

BARTHOLOMÉUS I

Ainsi, pourquoi le public bat-il des mains?

BARTHOLOMÉUS II

Les Latins appelaient ça *plaudere.*

BARTHOLOMÉUS I

Les Grecs se servaient du verbe *krotein!*

BARTHOLOMÉUS II

Mais pourquoi tapent-ils des pieds?

IONESCO, *à part.*

On ne le saura jamais.

BARTHOLOMÉUS I

Est-ce parce qu'un sentiment très vif provoque des mouvements désordonnés?

IONESCO, *à part.*

Je ne me le suis pas demandé.

BARTHOLOMÉUS I, *à Bartholoméus III.*

Cela ne peut s'expliquer que par le passé social du théâtre.

IONESCO, *à part.*

Sans doute.

BARTHOLOMÉUS I

Si l'on ne peut varier intelligemment les manifestations du public, mieux vaut qu'il n'en ait plus du tout!

Dès lors, le public devra observer le maximum de retenue...

BARTHOLOMÉUS II

Car le théâtre sera un cours du soir.

BARTHOLOMÉUS III

Il faut en faire des demeurés!

BARTHOLOMÉUS II

Un cours obligatoire.

BARTHOLOMÉUS I

Avec des récompenses, des croix d'honneur.

BARTHOLOMÉUS III

Pour la santé, des bains de vapeur!

BARTHOLOMÉUS I

Des punitions.

> *Ionesco, effrayé, tourne vivement la tête tantôt vers l'un, tantôt vers l'autre des docteurs, et de plus en plus vite.*

BARTHOLOMÉUS II

Le théâtre est une leçon de choses.

BARTHOLOMÉUS I

Dans le théâtre scientifique, les ouvreuses seront des surveillantes.

BARTHOLOMÉUS II

Ou des répétitrices! Elles s'occuperont des répétitions.

BARTHOLOMÉUS III

Je ne dis pas non!

BARTHOLOMÉUS II

Le directeur, surveillant général.

BARTHOLOMÉUS I

Il n'y aura pas d'entracte!

BARTHOLOMÉUS II

Mais une récréation de dix minutes!

BARTHOLOMÉUS III

Je ne dis pas oui.

BARTHOLOMÉUS II

Si un spectateur n'a pas compris...

BARTHOLOMÉUS I

Ou s'il veut faire pipi...

BARTHOLOMÉUS III

Je dis seulement...

BARTHOLOMÉUS I

Il doit lever le doigt...

BARTHOLOMÉUS II

Pour obtenir la permission...

BARTHOLOMÉUS III

...que je n'ai rien compris...

BARTHOLOMÉUS I

Tout spectateur sera tenu de venir voir plusieurs fois la même pièce, l'apprendre par cœur...

BARTHOLOMÉUS II

Pour bien comprendre, et à chaque fois s'intéresser à une autre scène! D'un autre point de vue!

BARTHOLOMÉUS III

...jamais rien compris!

BARTHOLOMÉUS I

Changer d'acteur comme point de mire!

BARTHOLOMÉUS II

Obtenir une interprétation suprême de l'œuvre...

BARTHOLOMÉUS I

Qui serait la somme de toutes les interprétations successives et contradictoires...

BARTHOLOMÉUS II

...pour en arriver à une compréhension simple, complexe, multiple et unique!

BARTHOLOMÉUS I

Les spectateurs auront des notes. Il y aura un classement en fin d'année...

BARTHOLOMÉUS III

Les derniers seront les premiers.

BARTHOLOMÉUS II

Les paresseux seront recalés...

BARTHOLOMÉUS III

Les fainéants récompensés!

BARTHOLOMÉUS I

Nous organiserons des spectacles de vacances, des festivals d'été.

BARTHOLOMÉUS II

Où les spectateurs non scientifiques reviendront voir la même pièce.

BARTHOLOMÉUS I

Que ça entre dans leur tête! Que les ânes deviennent savants!

BARTHOLOMÉUS III, *à Ionesco effrayé, acculé dans un coin.*

Vous vous taisez?

IONESCO

Je... je... je... C'est vous qui...

BARTHOLOMÉUS II

Taisez-vous!

BARTHOLOMÉUS III

Dites quelque chose!

BARTHOLOMÉUS I et II, *à Ionesco.*

Parlez...

BARTHOLOMÉUS III, *à Ionesco.*

Taisez-vous!

IONESCO

Je... je...

BARTHOLOMÉUS II

Vous n'êtes pas de notre avis?

IONESCO, *même jeu.*

Oh... non...

BARTHOLOMÉUS I

Quoi, non?

IONESCO

Je veux dire... si... si...

BARTHOLOMÉUS III

Si, quoi? Vous posez des conditions?

IONESCO, *même jeu.*

Je veux dire, oui... oui... oui...

BARTHOLOMÉUS II

Qu'entendez-vous par oui?

IONESCO, *avec grand effort.*

Je suis d'accord... oui... d'accord... je veux bien
que vous... m'éclairiez... je ne demande pas mieux...

BARTHOLOMÉUS I, *à Bartholoméus II.*

Il fait l'autocritique de son ignorance.

BARTHOLOMÉUS II, *à Ionesco.*

Vous confessez vos erreurs?

IONESCO, *avec effort.*

Ah oui, Messieurs... oui... mon ignorance, mes erreurs... Je demande pardon!... je vous demande bien pardon... je ne demande qu'à être instruit... *(Il se frappe la poitrine.)* Mea culpa! Mea maxima culpa!

BARTHOLOMÉUS III, *à Bartholoméus I et à Bartholoméus II.*

Est-il sincère?

IONESCO, *avec chaleur et conviction.*

Oh, oui!... je le jure!...

BARTHOLOMÉUS II

A tout pécheur, miséricorde.

IONESCO, *confondu.*

Oh, merci... merci... Vous êtes bons, Messieurs!

BARTHOLOMÉUS I, *à Bartholoméus II.*

Ne cédez pas à la tentation de la bonté! Nous verrons par la suite s'il est vraiment sincère.

IONESCO

Oh, oui, je suis sincère.

BARTHOLOMÉUS III

Qu'il le prouve, par son œuvre.

BARTHOLOMÉUS I

Non point par son œuvre.

BARTHOLOMÉUS II

L'œuvre ne compte pas.

BARTHOLOMÉUS I

Seuls comptent les principes

BARTHOLOMÉUS II

C'est-à-dire ce qu'on pense d'une œuvre.

BARTHOLOMÉUS I

Car l'œuvre en elle-même...

BARTHOLOMÉUS II

Cela n'existe pas...

BARTHOLOMÉUS I

Elle est dans ce qu'on en pense...

BARTHOLOMÉUS II

Dans ce qu'on en dit...

BARTHOLOMÉUS I

Dans l'interprétation qu'on veut bien lui donner...

BARTHOLOMÉUS II

Qu'on lui impose...

BARTHOLOMÉUS I

Que l'on impose au public.

IONESCO

D'accord, Messieurs, d'accord, Messieurs, je vous approuve... je vous le répète, je vous obéirai, je vous le prouverai.

BARTHOLOMÉUS II, *à Bartholoméus I et
à Bartholoméus III.*

Encore faut-il que l'on s'entende sur la notion de sincérité!

BARTHOLOMÉUS I

Qui n'est pas ce qu'on croit ordinairement!

BARTHOLOMÉUS II

Ce que l'on prend empiriquement...

BARTHOLOMÉUS I

Non scientifiquement...

BARTHOLOMÉUS III

Tout bêtement...

BARTHOLOMÉUS II

...pour de la sincérité... Car la sincérité, en fait, est son contraire!

BARTHOLOMÉUS III

Peut-être pas toujours!

BARTHOLOMÉUS II

Le plus souvent!

BARTHOLOMÉUS I, *à Bartholoméus III et à Bartholoméus II.*

Toujours! Messieurs... toujours, puisque pour être sincère il faut être insincère!

BARTHOLOMÉUS II, *à Bartholoméus III.*

Il n'y a de vraie sincérité...

BARTHOLOMÉUS I, *à Bartholoméus III.*

...que dans le double jeu...

BARTHOLOMÉUS II, *à Bartholoméus III.*

Et dans l'ambiguïté.

BARTHOLOMÉUS III, *à Bartholoméus I et à Bartholoméus II.*

Messieurs... permettez, sur ce point...

BARTHOLOMÉUS I, *interrompant Bartholoméus III.*

C'est pourtant clair.

BARTHOLOMÉUS III

Cela me paraît obscur.

BARTHOLOMÉUS II

C'est du clair-obscur.

BARTHOLOMÉUS I

Je m'excuse, c'est de l'obscur clair...

BARTHOLOMÉUS III

Pardon, l'obscur clair n'est pas le clair-obscur.

BARTHOLOMÉUS II

Vous vous trompez...

> *Pendant la querelle des trois docteurs, Ionesco se retire légèrement, semble vouloir se faire oublier, puis, sur la pointe des pieds, tentera de s'enfuir vers la porte.*

BARTHOLOMÉUS I

Messieurs, je vous l'affirme, l'obscur est clair comme le mensonge est vérité...

BARTHOLOMÉUS II

Plutôt comme la vérité est mensonge!

BARTHOLOMÉUS III

Pas exactement dans la même mesure!

BARTHOLOMÉUS II

Si, exactement dans la même mesure!

BARTHOLOMÉUS III

Pas tout à fait.

BARTHOLOMÉUS I
Si.

BARTHOLOMÉUS II
Mon cher Bartholoméus...

BARTHOLOMÉUS III
Non...

BARTHOLOMÉUS I
Si.

BARTHOLOMÉUS III
Non.

BARTHOLOMÉUS I
Si...

BARTHOLOMÉUS II
Si et non.

BARTHOLOMÉUS III
Non.

BARTHOLOMÉUS I
Si.

BARTHOLOMÉUS II
Non et si.

BARTHOLOMÉUS III
Non.

BARTHOLOMÉUS II
Mon cher Bartholoméus, il y a là une petite nuance...

BARTHOLOMÉUS I
Je suis contre les nuances...

BARTHOLOMÉUS III

Moi aussi je suis contre les nuances.

BARTHOLOMÉUS II, *à Bartholoméus I.*

Vous savez bien que je suis tout à fait d'accord avec vous sur les principes généraux... Pourtant, sur ce point particulier...

BARTHOLOMÉUS I

Pas de point particulier : la mystification, c'est la démystification, l'aveu, c'est la dissimulation, la confiance, c'est l'abus... l'abus de confiance.

BARTHOLOMÉUS II

Ça, c'est profond.

BARTHOLOMÉUS III, *à Bartholoméus I.*

C'est plutôt le contraire.

BARTHOLOMÉUS I

Sottise!... La dissimulation serait donc l'aveu, selon vous.

BARTHOLOMÉUS III

Évidemment!

BARTHOLOMÉUS I, *à Bartholoméus III.*

Vous pataugez.

BARTHOLOMÉUS III

Que non!

BARTHOLOMÉUS II

Messieurs, Messieurs...

BARTHOLOMÉUS I

Que si...

BARTHOLOMÉUS II

Messieurs, Messieurs... ne recommencez pas, voyons.
Ne donnons pas de mauvais exemples. Restons unis
devant l'ennemi.

BARTHOLOMÉUS I, *à Bartholoméus III,*
lui tendant la main.

Restons unis devant l'ennemi!

BARTHOLOMÉUS II

Restons unis devant l'ennemi!

BARTHOLOMÉUS III

D'accord, restons unis devant l'ennemi. *(Tous les
trois, debout, formant un groupe solennel, se serrent les
mains en une triple poignée; puis, au bout de quelques secondes,
regardant à la place où se trouvait Ionesco qui n'y est plus.)*
Où est l'ennemi?

BARTHOLOMÉUS I, *même jeu.*

Où est l'ennemi?

BARTHOLOMÉUS II, *même jeu.*

Où est l'ennemi? *(Apercevant Ionesco qui se trouve
près de la porte.)* Trahison!

BARTHOLOMÉUS III

Trahison!

BARTHOLOMÉUS I

Vous vouliez vous enfuir, vous vous en alliez?

BARTHOLOMÉUS III, *à Bartholoméus I*
et à Bartholoméus II.

Quelle honte! Il mérite qu'on le pende!

IONESCO

Oh, non... pas du tout...

BARTHOLOMÉUS I, *à Ionesco.*

Alors que veut dire ceci?

BARTHOLOMÉUS III, *à Ionesco.*

Pourquoi êtes-vous près de la porte?

IONESCO

C'est par hasard, je vous le jure, tout à fait par hasard...

BARTHOLOMÉUS III, *à Ionesco.*

Vous avez bien quitté votre place...

IONESCO

Oui, je ne le nie pas.

BARTHOLOMÉUS II, *à Ionesco.*

Alors?

BARTHOLOMÉUS III, *à Ionesco.*

Justifiez-vous...

IONESCO, *bredouillant.*

Je ne m'en allais que pour mieux rester, je m'enfuyais, justement, c'est-à-dire injustement, je m'enfuyais pour ne pas partir... *(Avec plus d'assurance.)* Oui, je m'en allais pour rester...

BARTHOLOMÉUS III, *à Bartholoméus I et à Bartholoméus II.*

Qu'en pensez-vous?

BARTHOLOMÉUS II, *à Bartholoméus I et à Bartholoméus III.*

Ce qu'il dit me paraît sensé, car, plus on reste, plus on s'en va...

BARTHOLOMÉUS I, *à Bartholoméus II*
et à Bartholoméus III.

Et plus on s'en va, plus on reste, c'est dans la ligne.

BARTHOLOMÉUS II

Il me paraît être de mauvaise foi, c'est-à-dire, dialectiquement, de bonne foi...

BARTHOLOMÉUS III

Ne voudrait-il pas se payer notre tête?

BARTHOLOMÉUS I, *à Bartholoméus III.*

Il est trop bête.

BARTHOLOMÉUS II

Il n'oserait pas. *(A Ionesco.)* En tout cas, ne bougez plus sans notre permission! *(A Bartholoméus III et à Bartholoméus I.)* C'est plus sûr.

Voix d'une vieille femme derrière la porte :
« Ionesco! Monsieur Ionesco! »

IONESCO

Messieurs, Messieurs, permettez, je dois ouvrir, elle est là depuis longtemps!

BARTHOLOMÉUS III

Qui est-ce donc? Une intruse!

IONESCO

C'est ma voisine. Elle fait mon ménage.

BARTHOLOMÉUS II

Ionesco, ne bougez pas... asseyez-vous... plus vite que ça...

BARTHOLOMÉUS III

On vous l'a dit déjà deux fois : je ne le dirai pas une troisième.

BARTHOLOMÉUS II

Savez-vous que vous avez tout à apprendre de nous ?

> *On frappe à la porte, on entend : « Ah! là là là là. » Ionesco, inquiet, jette des regards du côté de la porte, voudrait aller ouvrir.*

IONESCO

Je l'admets! Tout, mes chers docteurs, tout...

BARTHOLOMÉUS II

En matière de théâtralité?

IONESCO

Oui.

BARTHOLOMÉUS I

En matière de costumologie?

IONESCO

En matière de costu... quoi?

BARTHOLOMÉUS I, *à Bartholoméus II.*

Le malheureux! Il ne sait pas ce que c'est que la costumologie! *(A Ionesco.)* Vous l'apprendrez!

IONESCO

J'apprendrai...

BARTHOLOMÉUS II

En matière d'historicisation et décorolog

IONESCO

Je ferai de mon mieux!

BARTHOLOMÉUS III

Vous devez connaître aussi la psychologie des spectateurs, la spectato-psychologie! Vous avez fait, jusqu'à présent, des pièces sans y penser...

IONESCO

Dorénavant, j'y penserai, j'y penserai jour et nuit!

BARTHOLOMÉUS I

C'est promis?

IONESCO

C'est promis, je le jure!

BARTHOLOMÉUS III

Je ne le répéterai pas une troisième fois.

IONESCO, *effrayé.*

Oh, non... Ce n'est pas la peine, vraiment pas la peine!

BARTHOLOMÉUS I

Nous allons vous donner les éléments de cette science. Théoriques, d'abord, pratiques ensuite.

BARTHOLOMÉUS III

Pour le moment, écoutez-nous, prenez des notes!

IONESCO

Oui... oui... je prends des notes...

> *Assis à sa table de travail, il cherche parmi ses nombreux cahiers, trouve difficilement une page blanche, fébrilement s'installe, le crayon en main; pendant ce temps les docteurs parlent entre eux.*

BARTHOLOMÉUS III

Par quoi commençons-nous?

BARTHOLOMÉUS II, *à Bartholoméus I.*

Commencez, cher collègue, si vous voulez, vous-même, par la costumologie

BARTHOLOMÉUS I, *à Bartholoméus II.*

Commencez, cher collègue, vous-même, par la théâtralogie...

BARTHOLOMÉUS I et II, *à Bartholoméus III.*

Commencez, si vous voulez, vous-même, par la spectato-psychologie...

BARTHOLOMÉUS III, *à Bartholoméus I*
et à Bartholoméus II.

Après vous, Messieurs... Commencez... méthodiquement.

Coups à la porte.

VOIX DE LA FEMME

Monsieur! Ah!... Il s'est enfermé... Qu'est-ce qu'il fait? J'ai pas le temps...

Ionesco est inquiet, fait un geste vers la porte, ouvre
la bouche, n'ose pas répondre.

BARTHOLOMÉUS I, *à Bartholoméus II.*

Après vous...

BARTHOLOMÉUS II, *à Bartholoméus I.*

Je n'en ferai rien...

BARTHOLOMÉUS III

Moi non plus... je m'en voudrais...

BARTHOLOMÉUS II, *à Bartholoméus I.*

Je serais discourtois...

Coups à la porte.
Voix de la femme : « Eh! là-dedans »

BARTHOLOMÉUS I, *à Bartholoméus II.*

Je manquerais à tous les égards...

BARTHOLOMÉUS II, *à Bartholoméus III.*

Après vous...

BARTHOLOMÉUS III, *à Bartholoméus I.*

Vous n'y pensez pas...

BARTHOLOMÉUS I, *à Bartholoméus II.*

Vous non plus... Après vous...

> *Puis, tout à coup, faisant face à Ionesco, qui jette des regards de plus en plus inquiets vers la porte, les trois Bartholoméus, ensemble, en même temps, se bousculant, et criant :*

Ensemble

BARTHOLOMÉUS I
L'alphabet de tout auteur en matière de théâtralogie...

BARTHOLOMÉUS II
L'alphabet de tout auteur en matière de costumologie...

BARTHOLOMÉUS III
L'alphabet de tout auteur en matière de spectatologie...

BARTHOLOMÉUS I, BARTHOLOMÉUS II, BARTHOLOMÉUS III

...décorologie!

IONESCO, *effraye*

Messieurs, Messieurs...

BARTHOLOMÉUS I, *à Bartholoméus II et à Bartholoméus III.*

Oh, pardon!

BARTHOLOMÉUS II, *à Bartholoméus I et à Bartholoméus III*

Oh! pardon!

BARTHOLOMÉUS III, *à Bartholoméus II*
et à Bartholoméus I.

Oh, pardon!

IONESCO

Ne vous excusez pas, je vous en prie!

> *Puis, toujours subitement, tandis que derrière le dos de Bartholoméus II, Bartholoméus I et Bartholoméus III se confondent en excuses et politesses, Bartholoméus II seul, debout face à Ionesco, s'adresse à celui-ci d'une voix forte.*

BARTHOLOMÉUS II

Monsieur. *(Ionesco se lève.)* Asseyez-vous. *(Ionesco se rassoit. Aux deux Bartholoméus qui n'ont pas fini de se faire des politesses silencieuses.)* Silence, Messieurs.

> *Bartholoméus I et Bartholoméus III se placent d'un côté et de l'autre de Bartholoméus II, doctoralement, avec déférence, un peu en arrière.*

BARTHOLOMÉUS II, *à Ionesco.*

Vous êtes malade, mon cher...

> *Les deux autres Bartholoméus approuvent gravement de la tête.*

IONESCO, *très effrayé.*

Qu'est-ce que j'ai donc?

BARTHOLOMÉUS II

Ne m'interrompez pas! Si vous n'ignorez plus que vous êtes ignorant, vous semblez toujours ignorer que l'ignorant est un malade.

IONESCO, *avec soulagement.*

Ah... ce n'est pas si grave que cela! Je craignais le pire!

BARTHOLOMÉUS III, *à Bartholoméus I.*

Quel ignorant!

BARTHOLOMÉUS I, *à Bartholoméus III.*

Quel malade!

BARTHOLOMÉUS II, *à Bartholoméus I
et à Bartholoméus III.*

C'est à moi de parler. C'est ce qui était convenu.
(A Ionesco.) La maladie de l'ignorant c'est l'ignorance.
En tant qu'ignorant, vous êtes atteint d'ignorance.
Je vais vous le prouver! *(Avec satisfaction, aux deux
autres Bartholoméus.)* Je vais le lui prouver. *(A Ionesco.)*
Savez-vous pourquoi une pièce de théâtre est faite?

IONESCO

Je ne sais que vous répondre. Laissez-moi réfléchir.

BARTHOLOMÉUS II, *à Ionesco.*

Mon cher, une pièce de théâtre est faite pour être
jouée, pour être vue et entendue par un public, dans
une salle de spectacle, comme celle-ci par exemple...

BARTHOLOMÉUS I

Bravo, mon cher Bartholoméus, bravo, c'est très
profond...

IONESCO, *éperdu.*

Je ne sais si... si... c'est profond, mais c'est certainement juste, à tel point que moi-même, dans mon
ignorance, je croyais le savoir.

BARTHOLOMÉUS II

Ce n'est pas tout. La représentation théâtrale confère
au théâtre son existence. Le texte est fait pour être dit,
et par qui! s'il vous plaît... par des comédiens, mon
cher, par des comédiens. On pourrait dire, en une

formule succincte : la représentation théâtrale, c'est
le théâtre même!

IONESCO

C'est vrai. Ça, c'est vrai.

BARTHOLOMÉUS I, *à Ionesco, avec sévérité.*

Ce n'est pas vrai, c'est plus que cela, c'est savant,
c'est scientifique!

BARTHOLOMÉUS III

Une pièce est faite pour être jouée devant un public!

BARTHOLOMÉUS II

On ne répétera jamais assez qu'il n'y a pas de
théâtre sans public!

BARTHOLOMÉUS I

Et pas de théâtre sans plateau, ou au moins sans
tréteau!

BARTHOLOMÉUS II

Pas de plateau sans décor, pas d'entrée sans billet,
pas de caisse sans caissier ou caissière...

BARTHOLOMÉUS III

Pas de plateau sans acteur.

VOIX, *derrière la porte.*

Monsieur Ionesco, voyons, je suis là depuis une
heure, j'ai autre chose à faire. *(A quelqu'un d'autre
dehors.)* Je crois qu'ils se bagarrent là-dedans, on va
lui faire du mal, faut-y pas que j'appelle la police?

IONESCO, *vers la porte.*

J'ouvre, Marie, j'ouvre... n'appelez pas la police...
(Aux trois docteurs.) Messieurs, je m'excuse, on doit

venir nettoyer un peu ma chambre, vous voyez ce
désordre, la femme de ménage attend...

BARTHOLOMÉUS I

Ne vous préoccupez pas de cela!

IONESCO, *montrant la scène*.

C'est malpropre.

BARTHOLOMÉUS II

Qu'à cela ne tienne!

VOIX DE MARIE, *derrière la porte*.

Si vous n'ouvrez pas, j'appelle le concierge pour
enfoncer la porte.

IONESCO, *en direction de la porte*.

J'ouvre... j'ouvre... *(Aux docteurs.)* Messieurs, mes
chers maîtres, mes chers docteurs, puisque, de toute
façon, n'est-ce pas, comme vous venez si savamment,
si précieusement de le dire, de le démontrer, il n'y a
pas de théâtre sans public... Laissons entrer Marie...

> *Il veut se diriger vers la porte.*

BARTHOLOMÉUS I, *à Ionesco*.

Un instant, attendez mes ordres.

IONESCO, *vers la porte*.

Une seconde, j'attends les ordres.

> *Les docteurs, en conciliabule, chuchotent entre eux,
> avec force gestes; Ionesco est sur les dents.*

BARTHOLOMÉUS II

Je pense qu'il faut ouvrir.

BARTHOLOMÉUS I

Elle peut ameuter le quartier.

BARTHOLOMÉUS III

Faut pas avoir d'ennuis avec la police...

BARTHOLOMÉUS I, *à Ionesco.*

Ouvrez donc... *(Ionesco veut y aller.)* Attention, encore un instant... Le public ne peut pas entrer comme ça. Il faut mettre au point le dispositif scénique, l'historiciser.

BARTHOLOMÉUS II

Mettons au point le dispositif scénique...

BARTHOLOMÉUS I

Ouvrez le traité du grand docteur Bertholus.

IONESCO, *criant vers la porte.*

Encore un petit peu de patience, Marie, on prépare le dispositif scénique.

MARIE, *dehors.*

Qu'est-ce que c'est que ça?

IONESCO, *même jeu.*

Le dispositif scénique. Ce ne sera pas long!

> *Pendant ce temps, les docteurs, après avoir consulté le livre de Bertholus, prennent et arrangent les accessoires.*

IONESCO, *aux docteurs.*

Dépêchez-vous, Messieurs... dépêchez-vous, je vous implore!

BARTHOLOMÉUS I, *lisant le traité.*

Il est indispensable de mettre une pancarte pour indiquer l'action...

> *Bartholoméus III met sur le côté, au premier plan,*

une pancarte indiquant : ÉDUCATION D'UN
AUTEUR. Ionesco va lire ce qui y est écrit, fait un
geste de désolation.

BARTHOLOMÉUS I, *lisant.*

« ...pour la résumer et attirer l'attention du spectateur sur le geste fondamental de chaque tableau... »

Bartholoméus II met, au bout opposé du plateau,
une autre pancarte sur laquelle est écrit : RÉA-
LISME STYLISÉ.
Ionesco va à l'autre bout lire encore ce qui y est
écrit et fait le même geste de désolation.

BARTHOLOMÉUS I, *le nez dans son traité.*

« ... Pour faire comprendre que ce lieu n'est pas
réel... »

D'un geste brusque, Bartholoméus II jette par terre
les livres et les cahiers qui se trouvaient sur la table
et y met une pancarte indiquant : FAUSSE TABLE.
Même jeu de Ionesco.

IONESCO

Mes manuscrits!!

Il s'arrache les cheveux.

BARTHOLOMÉUS I, *toujours le nez dans son traité.*

« ...qu'il ne prétend même pas à remplacer un lieu
réel... »

Bartholoméus II met dans le fond une pancarte
plus grande sur laquelle est écrit : FAUX LIEU.
Même jeu de Ionesco, qui lève les bras, dos au public.

BARTHOLOMÉUS I, *à Ionesco.*

Tenez-vous donc tranquille, qu'est-ce que vous

avez? Au lieu de vous démener, vous feriez mieux de nous aider à faire reconnaître par des accessoires caractéristiques la situation historique soumise à notre jugement.

Pendant ce temps, Bartholoméus I et Bartholoméus II posent, l'un sur un vieux fauteuil, l'autre sur une chaise, deux pancartes : FACTICE.

BARTHOLOMÉUS III, *à part.*

Factice, c'est le conventionnel concret!

BARTHOLOMÉUS II, *à part.*

Factice, c'est le conventionnel abstrait!

IONESCO, *à Bartholoméus I.*

Oui, d'accord... d'accord...

Il court d'une façon désordonnée de l'un à l'autre.

BARTHOLOMÉUS I, *lisant.*

« Il faut surtout historiciser. »

Bartholoméus II et Bartholoméus III font tomber un tableau accroché sur le mur du fond, veulent le remplacer par des pancartes; sur celle de Bartholoméus II est écrit : TEMPS BRECHT; *sur celle de Bartholoméus III :* TEMPS BERNSTEIN.

BARTHOLOMÉUS II, *à Bartholoméus III.*

Ah, non, vous vous trompez sur l'époque...

BARTHOLOMÉUS III, *à Bartholoméus II.*

Vous vous trompez sur l'époque...

BARTHOLOMÉUS II, *à Bartholoméus III.*

Je vous demande pardon...

BARTHOLOMÉUS III, *à Bartholoméus II..*

Vous faites erreur...

BARTHOLOMÉUS I, *s'interrompant et se retournant.*

Voyons... voyons... mettez-vous d'accord.

BARTHOLOMÉUS III

Vive Bernstein!

BARTHOLOMÉUS II

Vive Brecht!

> *Dans leur mouvement, Bartholoméus III et II ainsi que Bartholoméus I renversent des meubles, des objets, etc., que Ionesco, désolé, essaie de remettre en place, vainement.*

BARTHOLOMÉUS I

Messieurs, Messieurs...

BARTHOLOMÉUS III

Bernstein est grand! Je ne veux connaître que Bernstein!...

BARTHOLOMÉUS II

Brecht est mon seul Dieu. Je suis son prophète!

> *Bartholoméus II et Bartholoméus III brandissent chacun leur pancarte.*

BARTHOLOMÉUS II et BARTHOLOMÉUS III

Brecht, Bernstein, Bernstein, Brecht!!!

> *Bartholoméus I prend une autre pancarte sur laquelle on voit écrit, en caractères énormes,* SIÈCLE B. *et la met au milieu.*

BARTHOLOMÉUS I

Voilà!

> *Bartholoméus II et Bartholoméus III vont remettre à leur place, dans les deux coins opposés du plateau, leurs pancartes.*

IONESCO *regarde la pancarte : Siècle B.*

Moi, ça m'est égal.

BARTHOLOMÉUS I, *à Bartholoméus II
et à Bartholoméus III.*

Comme ça, vous serez d'accord... Les critiques doivent être unis.

IONESCO, *à part.*

J'aime mieux quand ils se querellent!

Bartholoméus II et Bartholoméus III contemplent la pancarte : Siècle B.

BARTHOLOMÉUS II, *montrant la pancarte.*

B., cela veut dire certainement Brecht.

BARTHOLOMÉUS III

B., cela veut dire certainement Bernstein.

BARTHOLOMÉUS I, *aux deux autres.*

Vous avez raison tous les deux..

BARTHOLOMÉUS II, *à Bartholoméus III.*

Je vous l'avais bien dit...

VOIX DE MARIE, *derrière la porte.*

Alors, alors, alors...

BARTHOLOMÉUS III, *à Bartholoméus II.*

Je vous l'avais bien dit...

IONESCO

Est-ce que je peux tout de même ouvrir la porte?

BARTHOLOMÉUS I, *à Bartholoméus II.*

Entre nous, cela veut dire siècle Brecht, pas Bernstein. . *(A Bartholoméus III.)* Entre nous, cela veut dire

Bernstein, un Bernstein amélioré, modernisé et distancé...

BARTHOLOMÉUS III, *à Bartholoméus I.*

Que voulez-vous dire?

BARTHOLOMÉUS I, *à Bartholoméus III.*

Bernstein tout de même, Bernstein tout de même, tranquillisez-vous...

Il fait un clin d'œil à Bartholoméus II.

IONESCO

Est-ce que je peux ouvrir la porte?...

Les trois Bartholoméus font de nouveau, ensemble, face à Ionesco.

BARTHOLOMÉUS I

Oui, mais vous ne pouvez pas y aller comme ça...

BARTHOLOMÉUS II

Pas comme ça...

BARTHOLOMÉUS III

Pas dans l'état où vous êtes...

IONESCO

Dans quel état suis-je donc?

Les trois Bartholoméus inspectent Ionesco des pieds à la tête. Ils se regardent, hochent le menton.

VOIX DE MARIE

Tout de même!

Coups dans la porte.

BARTHOLOMÉUS I, *à Bartholoméus II*

Regardez... comme il est vêtu.

BARTHOLOMÉUS II

C'est invraisemblable!

BARTHOLOMÉUS III

Il est mal habillé[1]

IONESCO

Mais qu'est-ce que j'ai donc?

BARTHOLOMÉUS I

Ionesco, savez-vous pourquoi nous portons des costumes?

Les trois docteurs montrent leurs costumes.

IONESCO

Pourquoi vous avez des costumes?

BARTHOLOMÉUS I

Parce que les comédiens et les comédiennes ne peuvent tout de même pas aller nus sur scène.

IONESCO

Je m'en doutais...

BARTHOLOMÉUS III, *à part.*

Pourtant, le nu aussi est un costume, aux Folies-Bergère par exemple!

BARTHOLOMÉUS II, *à Ionesco.*

Si les médecins soignent les maladies du corps, les prêtres les maladies de l'âme, les théâtrologues les maladies du théâtre, les costumologues soignent tout spécialement les maladies du costume : ce sont les médecins costumologues.

Bartholoméus II et Bartholoméus III auscultent les vêtements de Ionesco

BARTHOLOMÉUS II

Tout est vêtu...

IONESCO, *se débattant, tandis que Bartholoméus II
et Bartholoméus III le tournent et le retournent en tous sens.*

Messieurs... Messieurs...

BARTHOLOMÉUS III

Tout est vêtu. Les arbres...

BARTHOLOMÉUS I

Les animaux, de leur fourrure.

BARTHOLOMÉUS II

... La terre, de sa croûte...

BARTHOLOMÉUS I

Les astres... le feu, l'eau et le vent...

IONESCO

Je ne comprends pas.

BARTHOLOMÉUS I

Nous, enfants de l'ère scientifique, nous saurons
distinguer un jour la forme du feu, de son fond.

BARTHOLOMÉUS III

La forme du vent...

BARTHOLOMÉUS II

...du fond du vent...

BARTHOLOMÉUS I

La forme de l'eau...

BARTHOLOMÉUS II

..du fond de l'eau...

BARTHOLOMÉUS I

Le fond de la forme...

BARTHOLOMÉUS II

..de la forme du fond...

BARTHOLOMÉUS I

La noix est vêtue elle-même de son écorce, qui la protège, la distancie...

BARTHOLOMÉUS III, *à Ionesco.*

Soyez une noix!

BARTHOLOMÉUS II

Nous serons des nuxologues...

BARTHOLOMÉUS I

Tout est vêtu! tout est vêtu! La costumologie est en réalité une véritable cosmologie.

MARIE, *dehors.*

Ah, zut alors...

BARTHOLOMÉUS II

...car, en rétrécissant le mot, on en élargit la notion...

BARTHOLOMÉUS I

La costumologie est aussi une morale : le costume ne doit pas être égoïste.

BARTHOLOMÉUS II

Nous connaissons toute la pathologie du costume.

BARTHOLOMÉUS III

Votre costume est très malade... Il faut le guérir...

IONESCO

En effet... il est un peu usé... mité... je le reconnais

BARTHOLOMÉUS III, *souriant de la naïveté de Ionesco.*

Ce n'est pas de cela qu'il s'agit...

BARTHOLOMÉUS II

Votre costume doit être costumique, s'il ne l'est pas, c'est en ce sens qu'il est malade!

BARTHOLOMÉUS I

Vous n'êtes pas vêtu comme un auteur de notre temps... *(A Bartholoméus II et à Bartholoméus III.)* Vêtons-le!

BARTHOLOMÉUS II et BARTHOLOMÉUS III

Oui, oui, vêtons-le!

BARTHOLOMÉUS I

Un homme n'est rien sans ses vêtements. Un homme nu est-il vraiment vêtu? Non! puis-je affirmer.

> *Pendant ce temps, Bartholoméus II et Bartholoméus III enlèvent le veston de Ionesco, ahuri, ses souliers, sa cravate, puis les lui remettront exactement comme avant. Bartholoméus II et Bartholoméus III font ce jeu, tandis que Bartholoméus I pérore.*

BARTHOLOMÉUS I

Le vêtement est une investiture...

IONESCO

Je vois que c'est un investissement.

BARTHOLOMÉUS III

C'est aussi une petite investition.

BARTHOLOMÉUS I

Il y a, vous avez vu, des règles simples pour juger si un costume est sain ou malade... Le vôtre souffre

d'une hypertrophie de la fonction historique... Il est
vériste...

BARTHOLOMÉUS II

Il ne faut pas qu'il le soit...

BARTHOLOMÉUS I

Votre costume n'est qu'un alibi. Il fuit sa respon-
sabilité!

IONESCO

Je me suis toujours habillé comme ça!

BARTHOLOMÉUS I

Il est une fin en soi.

BARTHOLOMÉUS II

Il n'a pas de rapport avec les pièces... ou il en a trop.

BARTHOLOMÉUS I

Il doit être sans l'être, le costume d'un auteur de
notre temps...

BARTHOLOMÉUS II

Il doit être un signe.

BARTHOLOMÉUS III

Il y a une politique du costume.

BARTHOLOMÉUS I

Votre costume souffre d'une maladie de la nutri-
tion...

BARTHOLOMÉUS II

Il est trop nourri...

BARTHOLOMÉUS III

Il ne l'est pas assez...

BARTHOLOMÉUS II

Il ne faut tout de même pas qu'il soit indigent!

BARTHOLOMÉUS I

Au moins, il n'est pas beau! Il ne souffre pas de la maladie esthétique...

BARTHOLOMÉUS II

Votre costume doit être soumis à un traitement minutieux et réfléchi.

> *On veut faire tomber le pantalon de Ionesco. Celui-ci proteste.*

IONESCO

Messieurs... c'est indécent...

BARTHOLOMÉUS I

Votre costume doit être déchirant!

IONESCO

Ne le déchirez pas... je n'en ai pas d'autre... C'est vraiment le seul...

> *On met un autre pantalon par-dessus le pantalon de Ionesco.*

BARTHOLOMÉUS I

Et maintenant, la politique du signe, mettez-lui les signes...

> *Bartholoméus II met une pancarte à Ionesco, qui est, à ce moment, le dos au public; sur la pancarte est écrit : POÈTE.*

IONESCO, *pleurnichant.*

Je vous en prie, Messieurs, je vous en prie. Je n'ai plus du tout envie d'écrire!

BARTHOLOMÉUS III

Silence!

BARTHOLOMÉUS I

Vous vous êtes engagé librement.

> *Bartholoméus II lui met encore une autre pan-*
> *carte sur la poitrine que l'on ne voit pas encore.*
> *Bartholoméus III lui met sur la tête un bonnet d'âne.*

BARTHOLOMÉUS I, *à Ionesco.*

Vous n'y échapperez plus...

> *On retourne Ionesco, face au public; on voit sur la*
> *pancarte, accrochée sur sa poitrine, le mot :* SAVANT.
> *Ionesco pleure de plus en plus.*

BARTHOLOMÉUS II, *aux deux autres.*

Nous en avons fait tout de même quelque chose.

BARTHOLOMÉUS I

Maintenant, il est des nôtres. Son costume est histo-
ricisé!

> *Ionesco tombe à sa table, dans sa position du début;*
> *on le relève, il retombe, on le relève.*

BARTHOLOMÉUS II

Pas tout à fait encore...

BARTHOLOMÉUS III

Ça vient tout de même!

BARTHOLOMÉUS II

Il reste à lui apprendre à écrire!

BARTHOLOMÉUS III

Comme nous voulons.

BARTHOLOMÉUS I

Dans l'état où il est, ça se fera tout seul...

BARTHOLOMÉUS III

Ce sera du crottin!

BARTHOLOMÉUS I, *à Ionesco.*

Maintenant vous êtes présentable, vous pouvez faire entrer le public.

IONESCO, *à la porte, où on entend des coups, d'un ton pitoyable.*

Je suis prêt, Marie, j'ouvre.

BARTHOLOMÉUS I, *regardant tout autour avec satisfaction.*

C'est un véritable laboratoire!

BARTHOLOMÉUS III

Nous avons bien travaillé.

BARTHOLOMÉUS II

Nous ne sommes pas docteurs pour rien.

On entend la voix de femme derrière la porte :
« Monsieur, Monsieur Ionesco! »

BARTHOLOMÉUS I, *à Ionesco.*

Ouvrez.

BARTHOLOMÉUS II, *à Ionesco.*

Vous pouvez.

BARTHOLOMÉUS III, *à Ionesco.*

Ouvrez.

VOIX DE LA FEMME

Êtes-vous toujours là?

IONESCO, *du même ton pitoyable.*

Oui... une seconde... Qu'est-ce qu'il y a encore?
Il se lève et avance d'un pas vers la porte.

BARTHOLOMÉUS I, *à Ionesco.*

Mais faites attention, en allant ouvrir, jouez cette scène selon les principes de la distanciation.

BARTHOLOMÉUS III

Je ne le dirai pas une quatrième fois.

IONESCO, *même ton.*

Comment faire ?

BARTHOLOMÉUS II

Ne vous identifiez pas à vous-même. Vous avez toujours eu le tort d'être vous-même.

IONESCO

Qui pourrais-je être d'autre ?

BARTHOLOMÉUS II

Distancez-vous.

IONESCO, *braillant presque.*

Mais comment faire ?

BARTHOLOMÉUS III

C'est tout à fait simple...

BARTHOLOMÉUS I

Observez-vous, tout en jouant... Soyez Ionesco en n'étant plus Ionesco !...

BARTHOLOMÉUS II

Regardez-vous d'un œil, écoutez-vous de l'autre !

IONESCO

Je ne peux pas... peux pas...

BARTHOLOMÉUS I

Louchez, louchez donc...!

Ionesco louche.

BARTHOLOMÉUS III

C'est cela. *(A Bartholoméus I.)* Bravo, Bartholoméus!

BARTHOLOMÉUS II, *à Bartholoméus I.*

Bravo, Bartholoméus!

BARTHOLOMÉUS I, *à Ionesco.*

Avancez vers la porte...

Ionesco ne dit plus rien. Il avance vers la porte comme un somnanbule.

BARTHOLOMÉUS III, *à Bartholoméus I.*

Pas comme cela!

BARTHOLOMÉUS I, *à Ionesco.*

Avancez d'un pas...

BARTHOLOMÉUS II, *à Ionesco.*

Mais en reculant de deux!...

BARTHOLOMÉUS I

Un pas en avant!

Ionesco s'exécute.

BARTHOLOMÉUS II

Deux pas en arrière!...

Ionesco s'exécute.

BARTHOLOMÉUS III

Je ne le dirai pas cinq fois!

ARTHOLOMÉUS I

Un pas en avant...

BARTHOLOMÉUS II

Deux pas en arrière...

BARTHOLOMÉUS III

C'est ça.

Ionesco, à ce jeu, va dans la direction opposée.

BARTHOLOMÉUS I

C'est ça.

BARTHOLOMÉUS II

C'est ça... Il s'est distancié! Il s'est distancié!

Ionesco doit arriver au fond, à la direction opposée à la porte.

BARTHOLOMÉUS I, *à Ionesco.*

Maintenant... dansez...

BARTHOLOMÉUS II

...chantez... parlez...

IONESCO, *gambade sur place et brait.*

Hi... haan... hi... haan... hi... haan...

BARTHOLOMÉUS I

Écrivez!

IONESCO

Hi... haan...

BARTHOLOMÉUS III

Écrivez plus fort!!

IONESCO

Hi... haan...

BARTHOLOMÉUS II

Et savamment!!

IONESCO, *modulant ses braiments.*

Hi... haan... hi... haan...

BARTHOLOMÉUS I, BARTHOLOMÉUS II,
BARTHOLOMÉUS III, *ensemble.*

Écrivez! écrivez!! écrivez!!! écrivez!!!!

IONESCO

Hi... haan... hi... haan... hi... haan...

BARTHOLOMÉUS I, BARTHOLOMÉUS II,
BARTHOLOMÉUS III, IONESCO, *ensemble.*

Hi! haan! Hi! haan! hi! haan!

VOIX DE LA FEMME

Des animaux dans la maison, ça c'est trop fort!
Ouvrez! ouvrez!...

BARTHOLOMÉUS I, BARTHOLOMÉUS II,
BARTHOLOMÉUS III, IONESCO, *ensemble.*

Hi! haan! Hi! haan! Hi! haan!

VOIX DE LA FEMME

Ils vont me le tuer! J'enfonce la porte!

*Entre-temps, Bartholoméus I, Bartholoméus II et
Bartholoméus III se sont coiffés aussi de bonnets d'âne.
Pendant que les quatre personnages sur scène continuent de braire et de gambader, la porte s'ouvre ou
tombe avec fracas. Marie entre, un balai en main.*

MARIE, *entrant.*

Qu'est-ce que cela veut dire! Du cirque!

BARTHOLOMÉUS I

Arrêtez... c'est le public!

*Arrêt du mouvement, les trois Bartholoméus enlèvent
ou non leur tête d'âne, mais pas le bonnet de Ionesco.*

MARIE

Alors, c'était ça votre dispositif? Vous m'avez tout mis sens dessus dessous! Comment je vais faire maintenant, pour nettoyer la chambre... Monsieur Ionesco est déjà assez désordonné comme ça, c'était pas la peine de l'aider! Pourquoi l'avez-vous mis dans cet état, le pauvre! Et vous, pourquoi êtes-vous habillés comme cela, Messieurs?

BARTHOLOMÉUS I

Madame, nous allons vous expliquer...

MARIE, *montrant les pancartes, etc.*

Vous allez d'abord m'enlever tout cela!

BARTHOLOMÉUS II

Surtout, n'y touchez pas!

MARIE, *menaçante.*

Et pourquoi donc?

BARTHOLOMÉUS III

C'est pour vous.. nous avons travaillé pour vous, pour le public!

MARIE, *montrant Ionesco.*

Ce n'est pas le carnaval!

Elle se dirige vers Ionesco.

BARTHOLOMÉUS III

Ne l'approchez pas! Je mords!

MARIE

Tu me fais pas peur! Essaie! Petit roquet!

Elle se dirige vers Bartholoméus III, le balai levé.

BARTHOLOMÉUS III, *reculant*.

Ce n'était qu'une façon de parler!

IONESCO, *à Marie*.

Laissez-moi garder ma distance... A cinq mètres du public.

MARIE, *à Ionesco*.

On s'est payé votre tête! Et vous vous êtes laissé faire... *(Marie va vers Ionesco, le retourne en tous sens.)* Un bonnet d'âne!... Poète... Savant... Vous trouvez que c'est intelligent! On se moque de vous!

IONESCO

Marie, vous ne savez pas, ces Messieurs m'ont mis un costume costumique, des signes signalétiques... Ces Messieurs sont des docteurs...

MARIE

Des docteurs? Qu'est-ce qu'ils soignent?

IONESCO

Oui, des docteurs... des théâtrologues, des costumologues... Ils soignent les maladies des costumes. Mon costume était malade!

MARIE

En voilà des soins bizarres! Vous n'aviez qu'à l'envoyer chez le teinturier.

IONESCO

Marie, ils ont raison, vous ne comprenez pas, ce sont de grands savants...

BARTHOLOMÉUS II

Madame, écoutez-nous!

MARIE

Un moment!...

*Elle va vers Ionesco, le débarrasse de ses accoutre-
ments, commence à enlever les pancartes.*

MARIE, *à Ionesco qui s'oppose*

Allez, allez... Laissez-moi vous remettre en état...

BARTHOLOMÉUS I

Madame, Madame... Vous ne comprenez vraiment
pas...

IONESCO, *à Marie.*

Ils soignent aussi les maladies du théâtre.

MARIE

Ils devraient se soigner eux-mêmes...

IONESCO

Ce sont de grands psychologues, sociologues!

BARTHOLOMÉUS II, *à Marie.*

C'est lui-même qui vous le dit! Vous entendez!

MARIE

C'est parce que vous l'avez emberlificoté, il a perdu
la tête!

BARTHOLOMÉUS III, *à Marie qui enlève les accessoires.*

Mais laissez ça!

MARIE

De quoi! Je ne vais tout de même pas me gêner!...
Gare, si je me mets en colère!

*Elle lève le balai, le fait tourner. Les docteurs s'en-
fuient dans les coins.*

IONESCO, *s'interposant.*

Ne faites pas de mal à mes docteurs!

Marie se dirige avec son balai vers les docteurs,

*après avoir retroussé ses manches. Les docteurs essaient
de se garder des coups éventuels.*

BARTHOLOMÉUS II, *à Marie.*

Laissez au moins qu'on vous explique...

MARIE

Expliquer quoi?

IONESCO

Marie, je sais maintenant quelle est la fonction du
costume... *(Récitant.)* Au théâtre, le costume doit faire
joindre le fond de l'œuvre à son extériorité.

MARIE

Ainsi... vous avez écrit une pièce... dans laquelle il y
avait un personnage pompier...

BARTHOLOMÉUS III, *choqué, sursaute.*

Pompier?

IONESCO, *à Bartholoméus III.*

Oh, on ne fait aucune allusion.

MARIE, *à Ionesco.*

Un personnage pompier, oui, sur la tête duquel vous
aviez fait mettre un casque de pompier, et, remar-
quez-le, non pas une coiffe de mariée... Vous aviez donc
vraiment joint le fond de l'œuvre à son extériorité!...

BARTHOLOMÉUS II, *qui a un peu repris son assurance,
à Ionesco.*

Vous aviez fait de la prose, oui, mais sans le savoir!

IONESCO

Ils sont là pour me le faire savoir!

MARIE

Ah, je m'excuse, Monsieur, mais vous êtes vraiment malade!

Elle donne deux gifles à Ionesco.

IONESCO

Où suis-je?

MARIE

Vous étiez hypnotisé. Cela vous a réveillé.

Ahuri, Ionesco regarde autour de lui, se tâte, enlève le bonnet, les pancartes, etc.

MARIE, *à Ionesco.*

Ils n'ont rien à vous faire savoir!... ces malheureux docteurs n'ont pas à donner des conseils, c'est à eux de prendre des leçons du théâtre.

IONESCO, *à Marie.*

Vous croyez vraiment?

MARIE, *à Ionesco.*

Bien sûr... voyons... Vous êtes un grand garçon!

BARTHOLOMÉUS I, *indigné.*

Comment! Comment! Et la théâtrologie?

MARIE, *poussant les docteurs vers la sortie.*

Ça nous est égal. (*Les chargeant assez brutalement jusqu'à la sortie.*) Débarrassez-nous de tout ça!

BARTHOLOMÉUS II

Et la spectato-psycho-sociologie!

MARIE

Débarrassez le plancher!

BARTHOLOMÉUS III

Savez-vous qui je suis?

MARIE

Disparaissez!...

BARTHOLOMÉUS II

Et la décorologie!

IONESCO, *un peu effrayé.*

Marie... Marie... Doucement... Ils vont m'éreinter dans leur critique...

MARIE, *poussant les trois docteurs vers la sortie, et leur mettant d'autres accessoires dans les bras.*

N'ayez pas peur. Ils ne sont bons à rien! *(Aux docteurs.)* Et remportez-moi ça...

BARTHOLOMÉUS I, *tout près de la porte.*

Et la science des sciences, la costumologie?

BARTHOLOMÉUS II, *à Bartholoméus I, tout en se retirant, acculé à la porte avec les autres.*

Ah non, pas la costumologie, la costumitude!

BARTHOLOMÉUS I, *à Bartholoméus II.*

Qu'entendez-vous par là?

BARTHOLOMÉUS II

Je suis costumitudiste, j'étudie l'essence du costume.

BARTHOLOMÉUS I

Il n'y a pas une essence du costume! La costumo logie crée le costume...

BARTHOLOMÉUS II

C'est le contraire!

BARTHOLOMÉUS I

Ainsi, vous êtes donc essentialiste!

BARTHOLOMÉUS II

Ainsi, vous êtes donc phénoménaliste!

Bartholoméus I et Bartholoméus II s'empoignent.

BARTHOLOMÉUS III, *à Bartholoméus !*
et à Bartholoméus II.

Tout ça, c'est votre faute! Philosophicailleurs fuligineux! Espèces de snobs!

BARTHOLOMÉUS I, *à Bartholoméus III.*

Snob vous-même!

BARTHOLOMÉUS II, *à Bartholoméus III.*

Boulevardier!

BARTHOLOMÉUS III

Snob... je le suis... mais snob de bon ton!...

BARTHOLOMÉUS II, *à Bartholoméus III.*

Épicier!

BARTHOLOMÉUS I, *à Bartholoméus III.*

Vous êtes un sot!

BARTHOLOMÉUS III

J'en suis fier!

BARTHOLOMÉUS II, *à Bartholoméus III.*

Veau!

BARTHOLOMÉUS I, *à Bartholoméus III.*

Vache!

BARTHOLOMÉUS III, *à Bartholoméus II*

Cochon!

BARTHOLOMÉUS I, *à Bartholoméus II*
et à Bartholoméus III.

Couvée!

IONESCO

Calmez-vous, Messieurs!

BARTHOLOMÉUS I,
à Bartholoméus II et à Bartholoméus III,

BARTHOLOMÉUS II,
à Bartholoméus I et à Bartholoméus III,

BARTHOLOMÉUS III,
à Bartholoméus II et à Bartholoméus I.

Farceurs! Farceurs! Farceurs!

MARIE, *aux docteurs.*

Allez vous battre dehors!

IONESCO

Marie, plus de douceur!

MARIE, *à Ionesco.*

Puisqu'on vous dit qu'ils ne sont pas à craindre!

IONESCO

Vous avez raison!

MARIE, *aux docteurs.*

Dehors! dehors! dehors!

IONESCO

Messieurs, ne vous fâchez pas trop... ne vous vexez pas! (*Les docteurs sortent ainsi que Marie qui les a poussés. On entend dans les coulisses :* « Costumologie, costumitude, théâtrologie, psycho-spectatologie... tologie...

tologie... » *Ionesco qui n'est pas tout à fait tranquille, s'arrête tout près de la porte brusquement. Puis il fait demi-tour, tandis qu'on entend encore :* « tologie... tologie... tologie... » *Ionesco écoute le bruit qui s'éloigne, la main en cornet à l'oreille. Il se dirige calmement vers la table, s'y assied posément, regarde toujours en direction de la porte, puis :)* Allons! allons!... Ça suffit! La pièce est finie... Revenez en scène! *(Arrêt brusque du bruit confus des coulisses, puis, un à un, les personnages Bartholoméus I, Bartholoméus II, Bartholoméus III, viennent se mettre en rang dans le fond, derrière Ionesco qui se lève et dit :)* Mesdames, Messieurs...

MARIE *apparaît à son tour
avec une carafe d'eau et un verre.*

Un instant... Vous avez peut-être soif...

Elle verse de l'eau dans le verre. Ionesco le prend et boit.

IONESCO

Merci, Marie... *(Puis, au public de la salle.)* Mesdames, Messieurs... *(Il sort un papier de sa poche, met des lunettes.)* Mesdames, Messieurs, le texte que vous avez entendu est puisé, en très grande partie, dans les écrits des docteurs ici présents[1]. Si cela vous a ennuyés, ce n'est guère ma faute; si cela vous a diverti, l'honneur ne m'en revient pas. Les ficelles, bien grosses, m'appartiennent ainsi que les répliques moins réussies. Bartholoméus *(il montre Bartholoméus I)* est un pédant. Bartholoméus *(il montre Bartholoméus II)* aussi est un pédant. *(Hésitation.)* Bartholoméus, lui *(il montre Bartholoméus III),* est un sot sans pédanterie. Je reproche à ces docteurs d'avoir découvert des vérités premières et de les avoir revêtues d'un langage abusif, qui fait

---

1. Voir la revue *Théâtre populaire* (pour Bartholoméus I et II), les articles de critique dramatique du *Figaro* (pour Bartholoméus III).

que ces vérités premières semblent être devenues
folles. Seulement, ces vérités, comme toutes les vérités,
même premières, sont contestables. Elles deviennent
dangereuses lorsqu'elles prennent l'allure de dogmes
infaillibles et lorsque, en leur nom, les docteurs et
critiques prétendent exclure d'autres vérités et diriger,
voire tyranniser, la création artistique. La critique
doit être descriptive, non pas normative. Les docteurs,
comme Marie vient de vous le dire, ont tout à
apprendre, rien à enseigner, car le créateur est lui-
même le seul témoin valable de son temps, il le
découvre en lui-même, c'est lui seul qui, mystérieu-
sement, librement, l'exprime. Toute contrainte, to
dirigisme, — l'histoire littéraire est là pour le prouver — faussent ce témoignage, l'altèrent, en le poussant dans un sens *(geste à droite)* ou dans l'autre *(geste
à gauche)*. Je me méfie des poncifs de ce côté-ci *(geste
à droite)* aussi bien que des poncifs de ce côté-là
(geste à gauche). Si le critique a tout de même bien le
droit de juger, il ne doit juger que selon les lois
mêmes de l'expression artistique, selon la propre
mythologie de l'œuvre, en pénétrant dans son univers : on ne met pas la chinie en musique, on ne juge
pas la biologie d'après les critères de la peinture ou
de l'architecture, l'astronomie échappe à l'économie
politique et à la sociologie; si des anabaptistes, par
exemple, veulent voir dans une pièce de théâtre l'il-
lustration de leur croyance anabaptiste, ils sont libres;
mais lorsqu'ils prétendent tout subordonner à leur
foi anabaptiste et nous convertir, je m'y oppose. Je
crois, pour ma part, sincèrement, à la pauvreté des
pauvres, je la déplore, elle est vraie, elle peut être
matière à théâtre; je crois aussi aux inquiétudes et
aux graves ennuis que peuvent avoir les riches; mais
ce n'est ni dans la misère de ceux-là, ni dans les
mélancolies de ceux-ci que, pour mon compte, je
trouve ma substance dramatique. Le théâtre est, pour
moi, la projection sur scène du monde du dedans :

c'est dans mes rêves, dans mes angoisses, dans mes désirs obscurs, dans mes contradictions intérieures que, pour ma part, je me réserve le droit de prendre cette matière théâtrale. Comme je ne suis pas seul au monde, comme chacun de nous, au plus profond de son être, est en même temps tous les autres, mes rêves, mes désirs, mes angoisses, mes obsessions ne m'appartiennent pas en propre; cela fait partie d'un héritage ancestral, un très ancien dépôt, constituant le domaine de toute l'humanité. C'est, par-delà leur diversité extérieure, ce qui réunit les hommes et constitue notre profonde communauté, le langage universel. *(Marie prend la robe d'un des docteurs, s'approche de Ionesco qui a un ton de plus en plus pédant.)* Ce sont ces désirs cachés, ces rêves, ces conflits secrets qui sont à la source de toutes nos actions et de la réalité historique. *(Ionesco s'enflamme, devenant presque agressif, d'un ton très solennel et ridicule, précipitant son débit.)* Voyez-vous, Mesdames et Messieurs, je pense que le langage de la peinture ou de la musique moderne, aussi bien que celui de la physique ou des mathématiques supérieures, la vie historique elle-même, sont bien en avance sur le langage des philosophes qui, loin derrière, essaient de suivre, péniblement... Les docteurs sont toujours en retard, car, comme le dit le savant bavarois Steiffenbach et son disciple américain Johnson... *(Marie, qui est arrivée tout près de Ionesco pendant qu'il prononçait cette dernière phrase, met brusquement la robe sur les épaules de celui-ci.)* Mais... que faites-vous, Marie, que faites-vous?

BARTHOLOMÉUS I

Vous vous prenez donc au sérieux, Ionesco?

IONESCO

Si je me prends au sérieux? Non... si... c'est-à-dire non

BARTHOLOMÉUS III

Vous devenez académique à votre tour!

BARTHOLOMÉUS I

Car ne pas être docteur, c'est encore être docteur!

BARTHOLOMÉUS II

Vous détestez qu'on vous donne des leçons et vous-même vous voulez nous en donner une...

BARTHOLOMÉUS I

Vous êtes tombé dans votre propre piège.

IONESCO

Ah... ça, c'est ennuyeux.

MARIE

Une fois n'est pas coutume.

IONESCO

Excusez-moi, je ne le ferai plus, car ceci est l'exception...

MARIE

Et non pas la règle!

Paris, 1955.

RIDEAU

DU MÊME AUTEUR

Aux Éditions Gallimard

LE BLANC ET LE NOIR.
NON.
LA QUÊTE INTERMITTENTE

Dans la collection Folio Benjamin

CONTE N° 1. Illustrations d'Étienne Delessert (n° 80).
CONTE N° 2. Illustrations d'Étienne Delessert (n° 81).
CONTE N° 3. Illustrations de Philippe Corentin (n° 118).
CONTE N° 4. Illustrations de Nicole Claveloux (n° 139).

Aux Éditions Belfond

ENTRE LA VIE ET LE RÊVE, entretiens avec Claude Bonnefoy.

Aux Éditions Delarge

CONTES POUR ENFANTS (4 volumes).

Aux Éditions Erker St Gallen

LE NOIR ET LE BLANC.

Aux Éditions du Mercure de France

JOURNAL EN MIETTES.
PRÉSENT PASSÉ, PASSÉ PRÉSENT
LE SOLITAIRE.

Aux Éditions Skira

DÉCOUVERTES.

COLLECTION FOLIO

Impression Société Nouvelle Firmin-Didot
le 4 juillet 2000.
Dépôt légal : juillet 2000.
1ᵉʳ dépôt légal dans la collection : août 1973.
Numéro d'imprimeur : 51854.

ISBN 2-07-036401-1/Imprimé en France.